# La nuit des disparitions

# Biographie

R. L. Stine est né en 1943 à Colombus aux États-Unis. À ses débuts, il écrit des livres interactifs et des livres d'humour. Puis il devient l'auteur préféré des adolescents avec ses livres à suspense. Il reçoit plus de 400 lettres par semaine ! Il faut dire que, pour les distraire, il n'hésite pas à écrire des histoires plus fantastiques les unes que les autres. R. L. Stine habite New York avec son épouse Jane et leur fils Matt.

R.L. Stine

Chair de poule®

# La nuit des disparitions

Traduit de l'anglais (États-Unis)
par Bertrand Ferrier

Vingtième édition

bayard jeunesse

Titre original
GOOSEBUMPS n° 48
*Attack of the Jack O'Lanterns*


Loi n° 49-956 du 16 juillet 1949
sur les publications destinées à la jeunesse
Dépôt légal mai 2010

ISBN : 979-10-363-0422-4

PEFC PEFC/14-38-00277

# Avertissement

Que tu aimes déjà les livres ou que tu les découvres,
si tu as envie d'avoir peur, **Chair de poule** est pour toi.

## Attention, lecteur !

Tu vas pénétrer dans un monde étrange
où le mystère et l'angoisse te donnent rendez-vous
pour te faire frissonner de peur… et de plaisir !

# 1

C'est le moment ou jamais. Affalé dans le canapé, mon père lit le journal.

Un article semble le captiver :

LES DISPARUS DE HALLOWEEN

*Chaque année, des enfants disparaissent le soir de Halloween. La police n'a jamais retrouvé leurs corps. À l'approche du 31 octobre, notre journal a enquêté…*

Je décide d'en profiter pour disparaître à mon tour. D'un bond, j'atteins la porte, mais une voix trop connue m'arrête :

– Où vas-tu, Elfe ?

Raté…

Pour faire diversion, je crie :

– Arrête de m'appeler Elfe ! Je m'appelle Drew !

Mon père trouve très intelligent de m'appeler Elfe, vu que je suis plutôt menue pour mes douze ans et que, pour tout arranger, j'ai des cheveux noirs et raides coupés court, un menton tout rond et un petit nez pointu.

Moi, je déteste ce surnom. Normal : si vous ressembliez à un elfe, ça vous dirait qu'on vous appelle « Elfe » ? Bien sûr que non.

Un jour, mon meilleur ami, Walker Parkes, a entendu mon père m'appeler comme ça. Évidemment, il s'y est mis lui aussi. « Quoi de neuf, Elfe ? » m'a-t-il demandé.

Je lui ai écrasé le pied de toutes mes forces, et plus jamais il n'a recommencé.

– Bon, où vas-tu, *Drew* ? reprend mon père.

– Dehors !

Et je conclus ma réplique en claquant violemment la porte.

J'adore laisser mes parents dans l'incertitude. Vous direz peut-être que c'est bien un truc d'elfe, ça. Mais si vous le dites, attention ! je vous écraserai le pied *à vous aussi* ! Et je suis rudement forte ! Demandez à qui vous voulez. Tout le monde est au courant : Drew Brockman est drôlement costaude. Quand on est la plus petite de la classe, on n'a pas vraiment le choix.

En réalité, je vais dehors avec une idée bien précise derrière la tête : attendre mes amis, qui doivent arriver d'un instant à l'autre. Je commence à descendre la rue pour aller à leur rencontre.

J'inspire profondément. Dans la maison du coin, des gens ont fait un feu, et une fumée blanche monte de leur cheminée. Une délicieuse odeur de pin s'en dégage.

J'adore l'automne. Quand les feuilles jaunissent, Halloween n'est pas loin. Et les vacances qu'on a pour Halloween sont mes préférées, parce que la nuit du 31 octobre, je peux ressembler à n'importe qui. Ou à n'importe quoi. Enfin, je ne suis plus un petit-menton-tout-rond-avec-le-nez-pointu... et ça n'est pas désagréable.

Mais j'ai beau attendre cette nuit-là toute l'année, ça fait deux ans qu'elle se passe mal. À cause de deux élèves de ma classe : Tabitha Weiss et Lee Winston. À deux reprises, Tabby et Lee ont saboté notre soirée de Halloween, à Walker et à moi.

J'en suis encore furieuse. Walker aussi, bien sûr. Notre soirée de Halloween complètement ratée à cause de deux petits frimeurs qui se croient les rois du monde ! GRRRRRRRR ! J'ai envie de frapper rien que d'y penser.

Mes autres amis, Shane et Shana Martin, sont très remontés eux aussi. Shane et Shana sont des jumeaux de mon âge. Ils vivent juste à côté de chez moi, et nous allons souvent nous balader ensemble.

Ils ne ressemblent à personne de ma connaissance. Tous les deux ont une bonne bouille bien ronde, d'adorables cheveux blonds bouclés, des joues bien rouges, et un sourire réjoui. On en mangerait ! Mon père les trouve « bouboules ». De toute façon, il a toujours quelque chose de dévalorisant à dire sur tout le monde. Sauf sur lui, évidemment…

Donc, les jumeaux sont eux aussi furieux contre Tabby et Lee. Et pour cette fête de Halloween, nous allons nous venger. Mais nous ne savons pas encore comment. C'est la raison pour laquelle mes amis viennent chez moi aujourd'hui : on doit en discuter.

# 2

Comment toute cette histoire avec Tabby et Lee a-t-elle commencé ? Pour le comprendre, il faut revenir deux ans en arrière.

Je m'en souviens comme si c'était hier. Walker et moi avions dix ans. Nous sortions de chez moi, et Walker rajustait le garde-boue de son vélo.

C'était un splendide jour d'automne. En bas de la rue, quelqu'un brûlait un gros tas de feuilles. C'est interdit à Riverdale. Mon père menace toujours d'appeler la police quand quelqu'un le fait. Mais, moi, je raffole de l'odeur que produit cette « atteinte aux règles élémentaires du civisme », comme dit papa.

Je regardais Walker arranger son vélo. Je ne sais plus de quoi nous parlions, mais je me rappelle avoir senti une présence. Je levai les yeux, et je vis Tabby et Lee. Tabby était aussi parfaite que de coutume. Papa l'appelle « Mam'zelle Zéro-Défaut » — et, pour une fois, c'est bien trouvé.

Il soufflait un vent à décorner les bœufs, mais les longs cheveux blonds de Tabby ne bougeaient pas d'un demi-millième de centimètre, tandis que les miens étaient tout ébouriffés. Tabby a une peau (parfaite) d'un blanc de lait (parfait), et des yeux verts (parfaits) qui brillent (parfaitement). Elle est super mignonne, mais ce n'est pas la peine de le lui signaler : elle est déjà au courant.

Dans des moments semblables, je dois faire un effort surhumain pour ne pas plonger mes deux mains dans ses cheveux et les emmêler jusqu'à ce qu'il n'y ait plus qu'un énorme nœud à la place de cette cascade dorée !

Lee est grand et vraiment pas mal. Il a des yeux brun sombre, de longs cheveux toujours impeccablement coiffés, l'air engageant et un beau sourire chaleureux. Le problème, c'est qu'il marche en se tortillant. Ce n'est pas qu'il a envie de faire pipi : il essaye juste d'imiter la démarche décontractée des rappeurs qu'on voit dans les clips, à la télé.

Les filles sont toutes folles de lui. Pour ma part, je ne comprends jamais rien quand il me parle : il a toujours la bouche pleine d'un énorme magma de chewing-gum à la pomme. Beurk et rebeurk !

– Mmmmmmmbbb mmmbbbbbb, grommela Lee en fixant le vélo de Walker.

J'ignorai sa remarque et me contentai de les saluer, lui et Tabby.

– Alors, quel bon vent vous amène ? leur demandai-je tandis que les bourrasques redoublaient de violence.

– Drew, répondit Tabby en tirant une tête horrifiée et en me montrant du doigt, tu as un truc, là…

– Quoi ? m'écriai-je.

Je portai la main à mon nez… où il n'y avait rien. Enfin, rien que mon nez.

– Excuse-moi, Drew, hennit Tabby. C'était juste ton nez. Quel drôle de truc ! Je ne m'y ferai jamais…

Lee et elle se mirent à rire. Tabby passe son temps à me lancer des vannes minables. Et le pire, c'est que je marche toujours.

– T'as un beau vélo, marmonna Lee à Walker. Il a combien de vitesses ?

– Douze, lui répondit Walker.

Lee ricana :

– Seulement ? Le mien en a quarante-deux.

Walker se redressa, piqué au vif :

– Hein ? Tu délires ! Ça n'existe pas, un vélo à quarante-deux vitesses !

– La preuve que si : j'en ai un, insista Lee sans cesser de ricaner. On l'a construit spécialement pour moi.

Une énorme bulle de chewing-gum bien verte sortit de sa bouche. C'est dégoûtant, mais ça prouve que Lee est un virtuose : c'est dur de faire des bulles tout en ricanant.

Pour ma part, je n'avais qu'une envie : crever la bulle de gomme pour qu'elle explose et s'étale sur le visage de ce gros prétentieux.

– T'es passée chez le coiffeur ? me lança Tabby en regardant ma tignasse malmenée par le vent.

– Non, pourquoi ?

– Comme ça. Quand je t'ai vue, je me suis dit : ou bien Drew a un mauvais coiffeur, ou elle ne sait même pas que ça existe, dit-elle en caressant ses cheveux parfaitement peignés.

C'était plus fort que moi : je serrai les poings et laissai échapper un grognement furieux.

Ça m'arrive souvent, de grogner. Parfois, je ne m'en rends même pas compte !

– Mmmmmmmbbb mmmbbbbbb, intervint Lee, à travers un flot de chewing-gum dégoulinant sur son menton.

– Mais encore ? lui demandai-je.

– T'es sourde ou quoi ? Je fais une fête pour Halloween.

Mon cœur se mit à battre plus vite :

– Une vraie fête de Halloween ? Avec déguisement obligatoire, toiles d'araignée, jeux et histoires qui donnent la chair de poule ?

Lee acquiesça :

– Exactement. Une vraie fête de Halloween. Ça vous dirait de venir ?

Walker et moi n'hésitâmes pas une seconde :

– Oh oui, bien sûr !

Nous venions de commettre une grave erreur. Une très grave erreur…

# 3

La fête battait déjà son plein quand Walker et moi débarquâmes. Le salon était décoré avec de grandes banderoles orange et noires. Accrochés aux fenêtres, trois énormes lampions en forme de citrouille nous gratifiaient de leur rictus immonde.

Pour me donner une contenance, je me précipitai sur Tabby dès que je l'aperçus. Même déguisée, on la reconnaissait immédiatement. Elle était vêtue en princesse. Oh, pardon ! elle était parfaitement vêtue en princesse parfaite, avec une interminable robe rose à fronces qu'agrémentaient de longues manches bouffantes et une haute collerette du plus bel effet. Un diadème brillant de mille feux couronnait ses blonds cheveux, et elle avait rehaussé ses lèvres d'une pointe de rouge. Parfaite, je vous dis.

Elle me décerna son plus charmant sourire.

– Serait-ce toi, Drew ? demanda-t-elle en feignant de ne pas me reconnaître. Tu es censée être quoi ?

Au moment où j'allais répondre, elle m'arrêta :

– Non, attends, je vais deviner… Hum, deux possibilités : tu es une crotte de martien ou un rat.

– N'importe quoi ! rétorquai-je. Je suis pas une crotte de martien, je suis pas un rat, je suis un klingon, comme dans *Star Trek*. Ça te dit quelque chose, *Star Trek* ?

Tabby s'esclaffa :

– Ouais, je connais ! Mais, blague à part, Drew, tu es *sûre* que tu n'es déguisée ni en crotte de martien ni en rat ?

Et, sans attendre ma réponse, elle fit volte-face et m'abandonna. Elle en riait encore : rien ne la rend plus joyeuse que de se moquer de moi.

Je grognai, puis me mis à la recherche de quelqu'un avec qui parler. Je remarquai Shane et Shana devant la cheminée. Ce n'était pas difficile de repérer les jumeaux : ils s'étaient tous les deux métamorphosés en énormes bonshommes de neige tout rebondis.

– Trop classe, vos costumes ! les félicitai-je.

Leurs vêtements étaient constitués de deux boules blanches : une grosse boule leur enveloppait le corps ; une boule plus petite leur masquait le visage. Dans la petite boule, ils avaient découpé des yeux ; ainsi, je n'arrivais pas à distinguer Shane de Shana.

– C'est fait avec quoi ? demandai-je.

– Avec du polystyrène, répondit Shana de sa voix haut perchée, reconnaissable entre toutes. On a fabriqué nos costumes avec de gros blocs de polystyrène.

– Génial, dis-je. Il vous manque juste une carotte entre les deux yeux, et on vous prendrait pour des vrais !

Ce serait faux de dire que ma plaisanterie déclencha l'hilarité générale. Mais quelques couinements étouffés par le polystyrène m'indiquèrent que Shana (ou Shane) l'avait appréciée.

– Et la fête ? Elle est plutôt pas mal, non ? intervint Shane. Tout le monde est là !

– Ouais, j'ai même aperçu Cindy Lopez. Elle ne s'est pas foulée, elle est habillée comme d'habitude : en sorcière !

– Et Bryna Morse ? Tu l'as vue ? Elle s'est arrosée de haut en bas avec de la peinture argentée, visage et cheveux compris !

– Pour quoi faire ? demandai-je. Elle ne se trouvait pas assez laide sans ça ?

– Eh bien, je n'en jurerais pas, mais elle a apparemment voulu se déguiser en statue de la Liberté, m'informa Shane. Je l'ai vue se trimballer avec une torche en plastique.

Soudain, une explosion retentit. Je fis un bond et ouvris la bouche pour crier quand je compris que c'était simplement une bûche qui avait éclaté dans la cheminée.

Je parcourus la salle du regard. Elle était à peine éclairée, ce qui créait une bonne atmosphère de Halloween. D'autant que le feu projetait des ombres mouvantes sur les murs…

Quelqu'un me toucha l'épaule. Je me retournai en sursautant. C'était Walker. Tout son corps était emballé dans des bandages et de la gaze. Lui, au moins, on voyait tout de suite qu'il s'était déguisé en momie. Enfin, qu'il avait essayé de se déguiser en momie.

– Je suis embêté, annonça-t-il en guise de bonjour.

– Qu'est-ce qui t'arrive ? demanda Shane.

– Ma mère m'a mal entortillé. Résultat, tout se casse la figure…

Walker tenta de remettre les bandages baladeurs à leur place. Mais, constatant l'ampleur des dégâts, il laissa échapper un cri de colère :

– Oh non ! Regardez-moi ça ! Tout mon costume est en train de se défaire !

– J'espère au moins que tu as quelque chose en dessous…, dit Shana.

Shane et moi nous mîmes à rire. J'imaginai Walker tout nu au milieu du salon, des kilomètres de bandage aux chevilles…

– J'ai un sous-pull et un jean sous mon déguisement, répliqua Walker, tu es rassurée ? Mais si les bandelettes se défont, je vais me prendre les pieds dedans et…

– Alors, quoi de neuf, les amis ? le coupa Lee.

Il était habillé en Batman, mais je reconnus ses yeux d'encre sous le masque ; et je reconnus sa voix, évidemment.

– C'est une fête d'enfer[1], le complimenta Shana.

– Ouais, d'enfer, confirmai-je.

Lee allait nous répondre quand un épouvantable « CRRRASH ! » se fit entendre.

Des hurlements de terreur emplirent la salle.

– Qu'est-ce que c'est ? cria Lee.

Dans la pièce bondée, le silence était total.

Puis il y eut un nouveau « CRRRASH ! ». Suivi de bruits sourds. Accompagné de voix graves.

– On dirait que… que ça vient de la cave ! balbutia Lee en ôtant précipitamment son masque de Batman.

Son épaisse tignasse lui balaya le visage, et je vis que ses traits étaient déformés par la peur.

Tous, nous tournâmes nos regards vers la porte qui donnait sur la cave.

– Oh ! s'étrangla Lee quand un autre « CRRRASH ! » retentit.

Puis on entendit des pas. Des pas qui venaient de la cave ! Des pas qui montaient l'escalier. Ils s'approchaient !

Lee poussa un cri perçant :

– Il y a quelqu'un ! Il arrive ! Au secours !

---

1. Voir, dans la même collection, *Halloween, une fête d'enfer*, n° 65.

# 4

– Maman ! Papa ! glapit Lee d'une voix suraiguë.

Plus personne ne parlait. Nous étions tous paralysés.

Un frisson me parcourut l'échine quand j'entendis distinctement les pas qui faisaient craquer lourdement l'escalier. Il n'y avait plus de doute possible : quelqu'un — ou quelque chose — arrivait. Mais quoi ?

Lee appela de nouveau, les yeux exorbités par la peur :

– Maman ! Papa ! Au secours !

Pas de réponse. Notre hôte se précipita hors de la pièce et se dirigea vers la chambre de ses parents :

– Maman ? Papa ?

Je m'apprêtai à le rejoindre en courant, mais il revenait déjà, tremblant de tout son corps :

– Mes parents... Ils... ils nous ont abandonnés !

– Faut appeler la police, cria quelqu'un.

– Ouais ! Téléphone au 17, hurla Walker.

Lee se précipita vers le téléphone, à côté du canapé. Dans sa course, il heurta une canette de soda, qui se renversa sur le tapis. Mais il ne s'en aperçut même pas. Je le vis composer le numéro d'urgence. Tout à coup, il se tourna vers nous en laissant retomber le combiné :

– Ça ne marche pas. Il n'y a pas de tonalité !

J'allais dire à Walker que, décidément, Lee ne savait rien faire, à part embêter le monde : — il n'était même pas fichu d'appeler la police ! — quand la porte de la cave grinça et deux ombres gigantesques apparurent dans l'entrebâillement.

– Non ! s'exclama Lee, terrifié.

Tabby s'approcha de lui. Ses yeux aux paupières abondamment fardées s'écarquillaient sous l'effet de la panique. Elle saisit Lee par le bras.

Elle avait peur ; horriblement peur.

Et, malgré ma propre angoisse, la panique de Tabby me réjouissait.

Les deux intrus grognèrent. Le premier avait une cagoule de laine de couleur bleue qui lui masquait le visage ; le second arborait un masque de gorille en plastique. Tous deux portaient une veste de cuir sur un jean noir.

– C'est l'heure ! lança le gorille d'une grosse voix. Il se mit à rire. Son rire cruel était terriblement inquiétant.

– C'est l'heure ! répéta-t-il. L'heure que vous attendiez tous…

Des cris retentirent dans le salon. Mon cœur s'emballa ; j'eus chaud et froid en même temps.

– Qui êtes-vous ? demanda Lee en hurlant plus fort que ses invités. Comment êtes-vous entrés ? Où sont mes parents ?

– Tes parents ? s'étonna l'individu en cagoule.

Il avait des yeux bleus qui brillaient, d'un bleu assorti à celui de sa cagoule.

– Parce que tu as des parents ? continua-t-il.

Les deux intrus s'esclaffèrent.

– Où sont-ils ? Qu'avez-vous fait d'eux ?

– Je pense qu'ils se sont enfuis en courant quand ils nous ont vus arriver, dit le type derrière son masque de laine.

Lee tremblait. Un bruit ridicule s'échappa de sa gorge.

Tabby se mit devant lui :

– Vous n'avez pas le droit d'être là ! s'exclama-t-elle courageusement. On fait la fête, et…

Des gloussements sardoniques l'interrompirent. Le gorille et l'homme encagoulé s'étaient tournés l'un vers l'autre et se tapaient sur les cuisses en hurlant de rire.

– Maintenant, c'est nous qui faisons la fête, annonça enfin le gorille. On va s'occuper de tout, vous allez voir…

Des protestations paniquées parcoururent la salle.

Mes jambes se dérobèrent sous moi. Je m'agrippai à l'épaule de Walker pour ne pas tomber.

– Qu'est-ce que… Qu'est-ce que vous voulez dire ? demanda Tabby.

# 5

– Tout le monde par terre ! ordonna le type à la cagoule.

– Vous n'avez pas le droit ! cria Tabby.

– On n'est que des enfants, gémit quelqu'un.

– Si vous voulez nous voler, vous perdez votre temps : on n'a pas un sou sur nous ! ajouta un vampire, qui avait ôté son dentier pour l'occasion.

Je vis Shane et Shana serrés l'un contre l'autre. Leurs costumes dissimulaient leur visage, mais je savais qu'ils étaient terrifiés eux aussi.

– Couchés ! crièrent d'une même voix les intrus.

Nous n'avions pas le choix. Nous obéîmes. La pièce s'emplit du froufrou des costumes et du bruit mat que nous faisions en nous allongeant.

– Vous aussi ! s'énerva le gorille en constatant que Shane et Shana n'avaient pas bougé.

– Impossible : comment voulez-vous qu'on s'allonge, avec nos grosses boules de neige ?

– Je m'en fiche ! J'ai dit : couchés, alors couchez-vous, un point, c'est tout, conclut le gorille méchamment.

– Ou alors on va vous aider, renchérit son comparse, une lueur de joie mauvaise dans les yeux.

Je regardai, impuissante, Shane et Shana lutter contre leurs déguisements en essayant de s'allonger. Pour s'exécuter, ils durent enlever la grosse boule de polystyrène qui leur emprisonnait le corps, et Shana cassa la sienne.

– Bien, tout le monde est prêt, à présent, commenta le gorille quand Shane et Shana eurent enfin réussi à s'étendre. Alors, allez-y, faites des pompes !

Un murmure stupéfait s'éleva dans la salle :

– Hein ? Qu'est-ce qu'ils nous veulent ? De quoi ils parlent ?

– Des pompes ! répéta le gorille. Vous savez ce que c'est, n'est-ce pas ? Vous vous mettez à plat ventre sur le sol, vous vous appuyez sur les bras, vous montez et vous descendez, le corps bien droit, évidemment. Vous voyez ce que je veux dire ?

– Et… on doit en faire combien ? demanda Walker.

Il était tout près de moi sur le tapis, à côté de la table basse.

– Oh, je ne sais pas, répondit le type encagoulé. Autant que vous pourrez… pendant deux heures.

– Deux heures ? protestèrent quelques invités.

– Ouais, c'est pas beaucoup, je sais. Mais ça sera suffisant pour vous échauffer. Après, on vous dira ce qu'on vous a concocté. Je vous promets que ce sera quelque chose de…

Il se tut, cherchant ses mots.

– De plus dur, l'aida son comparse.

– De *vachement* plus dur, rectifia son partenaire.

Et, de nouveau, tous deux explosèrent de rire.

– Vous n'avez pas le droit ! hurlai-je.

Ou plutôt : voulus-je hurler. Car de ma gorge ne sortit qu'un mince couinement ridicule.

– Tiens tiens, ironisa le gorille, y aurait-il une souris parmi nous ?

– À moins que ce ne soit un rat ! s'esclaffa son comparse.

D'autres enfants protestèrent, mais c'était peine perdue. Comment résister ? La seule possibilité aurait été de s'enfuir, mais les deux complices bloquaient les issues.

– Allez-y ! ordonna le gorille.

– Ou alors on augmente le tarif, et vous serez bons pour trois heures de pompes ! lança l'autre ignoble personnage.

Il y eut bien quelques grognements et quelques plaintes ; mais nous nous mîmes tous en position et commençâmes à faire des pompes. J'avais beau retourner le problème dans ma tête, il n'y avait pas d'autre solution.

– Je ne tiendrai pas deux heures, ahana Walker, déjà hors d'haleine. On va crever !

Il s'exécutait comme il pouvait : son corps montait et descendait à la force de ses bras. Son costume de momie se défaisait un peu plus à chacun de ses mouvements.

– Plus vite ! hurla le gorille. On monte, on descend, on remonte, on redescend ! Et on accélère le mouvement !

Après à peine quatre ou cinq pompes, je savais déjà que je ne tiendrais plus longtemps. Je ne suis pas une grande sportive : si je fais du vélo et un peu de natation en été, c'est bien le grand maximum ! Dans quelques minutes, je m'effondrerais.

C'est alors que, levant les yeux vers les deux malfaiteurs, je découvris un spectacle qui me sidéra.

# 6

– Walker ! Regarde ! chuchotai-je.

– Hein ? grogna-t-il.

Je lui donnai un coup sur le bras pour attirer son attention. Déséquilibré, il s'affala sur le sol :

– Hé, Drew ! À quoi tu joues ?

– Regarde, je te dis !

Walker regarda… et vit que ni Tabby, ni Lee n'était au sol avec nous. Et pour cause : tous deux se tenaient à l'entrée du salon, à côté des intrus, souriant de toutes leurs dents. J'arrêtai de faire des pompes et me mis à genoux.

Lee n'y tint plus et se mit à rire comme un fou. Tabby l'imita. Elle rit si fort que son diadème manqua de tomber. Les deux affreux se frappèrent dans les mains : ils nous avaient bien eus !

Tout autour de moi, par terre, les invités continuaient de s'échiner à monter et descendre aussi vite qu'ils pouvaient.

Walker et moi, à genoux, nous contemplions Tabby et Lee, incrédules. Ces deux crétins riaient et se félicitaient :

– Quelle bonne blague ! Ils y ont cru à 200 % !

J'étais sur le point de hurler de rage quand les deux individus se débarrassèrent de leur masque. Je reconnus aussitôt le gorille : c'était Todd Jeffrey, un élève du lycée, qui habitait juste à côté de Lee. Je connaissais également le type à la cagoule, Joe Machin-Truc, un copain de Todd.

Ce dernier rejeta ses cheveux roux en arrière. Sa chevelure était trempée, son visage était tout rouge et couvert de sueur : il devait faire chaud sous le masque en caoutchouc. Joe envoya sa cagoule par terre et nous regarda avec commisération.

– Oh, les mômes ! Arrêtez-vous : c'était une blague ! lança-t-il. Joyeux Halloween !

Tous les invités s'immobilisèrent. Pendant un long moment, personne ne se redressa. Nous avions eu tellement peur que nous ne parvenions pas à nous mettre debout.

– C'était sympa, non, pour une soirée de Halloween ? ricana Lee en souriant de toutes ses dents.

– J'espère que vous n'avez pas eu trop peur, dit Tabby, les yeux baissés, faussement repentante.

Je laissai échapper le plus terrible grognement que j'aie jamais émis :

– GRRRRRRRRRRRRRRRRRRR !

Je n'avais qu'une envie : bondir sur Mam'zelle-Zéro-Défaut, lui arracher son diadème et le lui faire avaler jusqu'à la dernière paillette ! Mais je n'étais pas en état : la peur m'avait scié les jambes, à moi aussi.

Todd et Joe se félicitèrent bruyamment. Ils s'ouvrirent deux canettes de soda et les éclusèrent en moins de deux.

– C'est bon, vous pouvez vous relever maintenant, annonça Lee en hennissant de plaisir.

– Wouah ! Si vous aviez vu vos têtes ! Vous étiez complètement paniqués ! cria Tabby, au comble du bonheur. On vous a bien attrapés !

Tous les invités se relevèrent en grognant. Tabby et Lee étaient les seuls à rigoler comme des bossus, avec Todd et Joe, évidemment ; les autres trouvaient que leur blague était nulle.

Je traversai la salle pour dire aux deux imbéciles ce que je pensais de leur farce débile quand les parents de Lee entrèrent, ôtant leurs manteaux.

– On a été prendre un verre chez les Jeffrey, dit la mère de Lee.

– Et c'était comment ? demanda Todd.

– Oh, Todd, je ne t'avais pas vu ! On vient de chez toi… Mais que fais-tu là ? Tu aides Lee pour cette petite sauterie ?

– Ouais, en un sens, répondit Todd.

– Et alors, comment ça marche ? s'enquit le père de Lee.

– Du tonnerre, lui assura Lee. Ça marche du tonnerre, Papa.

Et voilà comment Tabby et Lee ont saboté notre soirée de Halloween il y a deux ans. Shane, Shana, Walker et moi étions dégoûtés. Non, pas dégoûtés : super énervés. Furieux.

Halloween est vraiment le moment qu'on préfère dans l'année. Autant dire qu'on n'a pas franchement apprécié que la fête soit gâchée par une blague complètement pourrie.

C'est pourquoi, l'an dernier, nous avions décidé de nous venger.

# 7

– Pour la décoration, il faut qu'on trouve une idée originale, décréta Shana. Surtout pas les trucs habituels…

– Ouais, y en a marre des citrouilles et des squelettes, renchérit Shane, ça n'impressionne plus personne.

– Moi, je trouve que c'est pas si mal que ça, les citrouilles, répliquai-je. Surtout quand on met des bougies dedans et qu'on voit leurs horribles grimaces au milieu de la nuit…

– N'importe quoi ! Les citrouilles, c'est pour les bébés, décréta Walker. À notre âge, ça ne fait plus peur. Je suis d'accord avec Shana. Si on veut donner la chair de poule à Tabby et à Lee, il faut trouver quelque chose de mieux.

D'accord… Mais quoi ? Il ne nous restait plus qu'une semaine. C'est pourquoi nous étions réunis tous les quatre chez moi, réfléchissant intensément à ce que nous ferions pour ma fête de Halloween.

Oui, j'ai bien dit *ma* fête de Halloween. Car, cette année-là, la fête aurait lieu dans ma maison. Pourquoi en avais-je décidé ainsi ? Oh, ce n'est pas très compliqué. Cherchez bien, vous allez trouver.

Oui, c'est ça, c'est exactement ça : pour me venger. Pour me venger de Tabby et de Lee.

Toute l'année, Walker, Shane, Shana et moi en avions discuté. Nous avions échafaudé des plans. Nous avions élaboré des centaines de milliers de traquenards, tous plus épouvantables les uns que les autres. Nous avions commencé par éliminer le coup des inconnus qui pénètrent dans la maison et imposent leur loi. C'était trop nul. Et puis, nous ne voulions pas ficher la trouille à tous nos invités : juste à Tabby et à Lee, pour qu'ils éprouvent exactement les mêmes sensations que celles que nous avions éprouvées l'année précédente.

Shane et Shana ne manquaient pas d'excellentes idées pour flanquer la chair de poule. Sous des dehors angéliques, ils cachaient parfaitement leur jeu !

Walker et moi étions moins imaginatifs. Selon nous, plus ce serait simple, plus ce serait efficace. Je pensais par exemple qu'une bonne vieille toile d'araignée en plastique, larguée du haut des escaliers sur Tabby et Lee, pourrait avoir son petit succès. Je connaissais un magasin où l'on vendait des spécimens visqueux à souhait, dont il était très difficile de se débarrasser, tellement ils étaient collants. Une délicieuse horreur… Comme, en plus, Walker avait une tarentule qu'il élevait dans une cage en verre, sur sa table de nuit (une tarentule *vivante* !), on pouvait envisager d'introduire la véritable araignée dans la fausse toile, et de mettre le tout dans les cheveux de Tabby. J'avoue que j'étais assez tentée par cette idée.

Walker, décidément plein de ressources, suggérait aussi de découper le plancher du salon, de façon que Tabby et Lee atterrissent, dès leur arrivée, au fond de la cave. Malheureusement, je dus rejeter cette proposition, que je trouvais pourtant très excitante : à mon avis, mes parents ne seraient pas enchantés s'ils nous surprenaient en train de scier le parquet… Et puis, je voulais terrifier les deux abrutis, pas leur casser le cou.

– Où va-t-on placer les flaques de sang ? s'enquit Shane.

Dans chaque main, il tenait une flaque de sang… en plastique. Shana et lui en avaient acheté une douzaine, des grandes et des petites, dans une boutique spécialisée. On aurait cru des vraies !

– Et la vase verdâtre, on la mettra où ? demanda à son tour Shana en désignant les trois boîtes qu'elle avait près d'elle.

Walker et moi les ouvrîmes : c'était génial ! Hyper visqueux, ultra pâteux, méga gluant… Impossible de trouver matière plus horripilante !

– Vous avez acheté ça où ? m'informai-je. Toujours dans votre boutique ?

– Non, ça, on est allés le chercher directement dans le nez de Shana ! répondit Shane.

Poussant un cri de colère, Shana se saisit d'une des boîtes et menaça de l'envoyer sur son frère.

– Eh ! du calme ! m'interposai-je. N'en renversez pas, on la garde pour Tabby et Lee.

– Pas de problème, s'esclaffa Shane, je connais le fabricant, il nous en procurera encore !

Tandis que je ceinturais Shana, qui voulait se jeter sur son frère, Walker tenta de détourner la conversation :

– On pourrait faire couler ce machin depuis le plafond…, suggéra-t-il.

– Trop cool ! s'enthousiasma Shane. Mais il faudrait s'arranger pour que seuls Tabby et Lee passent dessous.

– Ou alors…, commença Walker.

Nous nous tûmes : le sourire de Walker laissait présager le pire… Même Shana en oublia sa colère et se rassit, les yeux dessillés par l'attente.

– Ou alors, on pourrait tout simplement les arroser avec, continua-t-il, ravi de notre attention. Ils auraient l'air de deux monstres bien dégueulasses. Ce serait sublime.

Shana imaginait déjà les deux imbéciles dégoulinant de vase verdâtre. Elle sourit, conquise :

– Ouais, ce serait simplement sublime.

– Mais comment on va faire ? demandai-je.

Je suis le seul esprit pratique du groupe. Shane, Shana et Walker ont de super idées, mais ils ne savent pas les mettre en œuvre. Du coup, je dois sans cesse les rappeler à la réalité.

– Je ne sais pas très bien comment, avoua Walker, mais n'empêche : ce serait sublime.

Il se leva et se dirigea vers la cuisine pour se servir un verre de soda.

– Et si la vase s'écoulait d'une citrouille ? proposa Shane.

– Je croyais que les citrouilles, c'était pour les bébés, rétorquai-je.

– C'est pour les bébés, mais avec de la vase qui coule, ça pourrait être sympa, non ?

– Et si on les remplissait carrément de sang synthétique ? proposa Shana. Ce serait encore mieux, vous ne pensez pas ?

Le silence revint. Chacun de nous imaginait l'effet que produirait l'une ou l'autre des farces et attrapes que nous envisagions d'utiliser.

Soudain, Shane dit :

– La vase, le sang, les toiles d'araignée et les tarentules, c'est très bien. Mais il faut quelque chose de plus fort, de *beaucoup* plus fort, si on veut que Tabby et Lee n'aient plus le goût de se moquer de nous. Nous devons leur faire croire qu'ils sont *réellement* en danger, que quelque chose de terrible va vraiment leur arriver.

J'allais acquiescer quand les lampes s'éteignirent brusquement.

– Qu'est-ce qui se passe ? m'écriai-je, surprise par cette obscurité inattendue.

Silence.

Les rideaux étaient tirés, si bien qu'aucune lumière de la rue n'entrait dans la maison. Le noir était tel que je ne distinguais même plus mes copains !

C'est alors que j'entendis une voix qui me susurrait à l'oreille :

*Viens avec moi...*
*Suis-moi...*
*Je te conduis vers ton tombeau...*

Je ne pus retenir un cri de terreur.

– Shane ! Shana ! hurlai-je. Où êtes-vous ?

Mais personne ne me répondit.

# 8

Un frisson me parcourut l'échine. Cependant, le murmure continuait :

*Viens avec moi, Tabby...*
*Et toi, Lee, suis-moi...*
*Je vous conduis vers votre tombeau...*
*Venez, Tabby et Lee...*
*Suivez-moi...*

– Formidable ! m'écriai-je.

La lumière revint. Shane et Shana applaudissaient avec entrain.

– Bravo, Walker, félicitai-je mon meilleur ami. Tu as bien travaillé !

Il posa le petit magnétophone portatif sur la table basse du salon et rembobina la cassette.

– Ils vont avoir la frousse de leur vie, dit-il.

– C'est sûr ! Moi, ça m'a terrifiée, et pourtant je me doutais de quelque chose.

– Quand les lumières s'éteignent et que la voix commence à murmurer, je ne vois pas *qui* pourrait ne pas trembler de peur, s'exclama Shane. Surtout si on place le magnétophone juste à côté du canapé.

– Cela dit, Drew, avança Shana, je continue de penser que tu devrais laisser Shane et moi nous occuper de Tabby et de Lee. Nous leur jouerions quelques petits tours à notre façon et…

– Je préfère garder ça en dernier recours, répondis-je en secouant la tête.

Je me penchai vers les boîtes en plastique, y plongeai la main et en retirai une bonne dose de vase verte. Le contact était très désagréable : c'était froid et poisseux. Je roulai la vase dans ma main jusqu'à obtenir une boule compacte.

– Vous pensez que ça pourrait tenir au plafond ? Imaginez le tableau si on arrivait à la faire dégouliner le long des murs. Je pense que…

– Non, j'ai une meilleure idée, m'interrompit Walker. Les lumières s'éteignent, d'accord ? Alors la voix terrifiante commence à parler. Et au moment où elle prononce le nom de nos deux invités préférés, BLAM ! on leur balance un énorme paquet de vase sur la tête.

Nous éclatâmes de rire en imaginant la scène.

– Trop bien ! hoqueta Shane.

– Rien à redire, confirma Shana.

– C'est vraiment une excellente idée, Walter, approuvai-je.

C'en était une, assurément, et ce n'était pas la seule que nous ayons eue en réserve. Pourtant, il nous fallait quelque chose d'encore mieux — je veux dire :

quelque chose d'encore *pire* — pour Tabby et pour Lee.

Quelque chose qu'ils ne puissent pas prendre pour une blague.

Quelque chose qui soit o-bli-gé de les ter-ri-fier.

Donc il nous fallait d'autres idées, plus terribles. Et nous en trouverions, même si nous devions y passer toute la semaine.

Effectivement, nous y passâmes toute la semaine. Nous nous réunissions après l'école et ne nous quittions que tard dans la soirée. Nous inventions des pièges. Nous prévoyions de truffer le salon de petites surprises bien effrayantes. Les citrouilles que nous creusions arboraient les sourires les plus cruels qui aient jamais été sculptés. Nous les décorions avec des cancrelats en plastique plus vrais que nature.

Nous construisîmes un monstre en papier mâché de plus de deux mètres de haut, et nous fîmes en sorte qu'il émergeât du placard quand on tirait sur une corde. Dans un magasin de farces et attrapes, nous achetâmes des serpents, des vers de terre et des araignées super ressemblants, que nous dispersâmes dans toute la maison.

C'est à peine si nous prenions le temps de manger et de dormir. Même à l'école, nous ne pensions qu'à ça : comment terroriser *encore plus* nos deux invités de marque.

Halloween finit par arriver.

Le jour J, Walker, Shane, Shana et moi nous retrouvâmes à la maison. Nous étions trop excités pour rester assis… et même pour rester debout. Nous ne tenions plus en place, parlant pour ne rien dire, mais parlant beaucoup. Nous vérifiâmes, revérifiâmes et rerevérifiâmes tous les pièges que nous avions préparés.

Jamais je ne m'étais investie à ce point dans un travail. J'avais passé tellement de temps à préparer cette fête — et notre revanche — que je n'avais pensé à mon costume qu'à la toute dernière minute. Je dus donc endosser le même déguisement de klingon (non, je n'étais *toujours* pas un rat) que l'année précédente.

Walker, lui, était un pirate. Un perroquet sur l'épaule, il portait un T-shirt à rayures et un bandeau sur l'œil droit. Shane et Shana étaient des espèces de monstres, mais je n'aurais pas pu dire *quelles* espèces.

En réalité, nos costumes n'avaient aucune importance. La seule chose qui comptait… eh oui, vous l'avez deviné : c'était de nous venger de Tabby et de Lee.

Et alors que nous arpentions pour la énième fois le living-room — à force, nous aurions pu nous y déplacer les yeux fermés —, une heure à peine avant le début de la fête, le téléphone sonna.

Et le cauchemar recommença : ce que nous apprîmes en décrochant nous pétrifia d'horreur.

# 9

J'étais juste à côté du téléphone quand la sonnerie retentit. En l'entendant, je sentis mes cheveux se dresser sur ma tête et des frissons me parcourir. Étais-je quelque peu tendue ? Il faut croire !

Je décrochai aussitôt :

– Allô ?

J'entendis une voix que je connaissais bien :

– Salut, Drew, c'est Tabby.

– Ah, c'est toi ! m'écriai-je.

Et, anticipant sur sa question (ou plutôt sur la question que j'avais décidé qu'elle voulait me poser), j'enchaînai :

– On commencera à huit heures. Mais, si Lee et toi, vous êtes un peu en retard, ça n'a aucune impor…

– C'est pour ça que j'appelle, me coupa Tabby. Lee et moi, on ne peut pas venir.

– Hein ?

Le combiné m'échappa des mains et atterrit sur le plancher. En me penchant pour le reprendre, je vacillai et faillis m'étaler de tout mon long sur la table basse.

– Qu'est-ce que tu as dit, Tabby ? demandai-je.

– Lee et moi, on ne peut pas venir, répéta Tabby. On est invités chez le cousin de Lee pour ramasser des friandises jusqu'à minuit. Il nous a dit qu'on reviendrait avec des sacs bourrés de bonbons. C'est extra, non ?

La voix éteinte, je protestai faiblement :

– Tabby, vous ne pouvez pas nous faire ça !

– Désolée, reprit-elle sur un ton agacé. À la prochaine… et amusez-vous bien, même sans nous, ha ha ha !

Son ricanement me poursuivait encore quand elle eut raccroché.

Je laissai échapper un gémissement rauque et tombai à genoux.

– Quelque chose ne va pas ? demanda Walker.

– Ils… ils ne… ils ne…

Je n'arrivais pas à le dire. Mes trois amis se pressaient autour de moi. Walker voulut me remettre d'aplomb. Mais la tête me tournait ; je ne pouvais pas me relever.

Finalement, je parvins à prononcer les quelques mots fatals :

– Ils ne viennent pas… Ils ne viennent pas…

– Non ! souffla Walker. C'est pas vrai !

Shane et Shana ne disaient rien, mais leur tête d'enterrement parlait pour eux.

Nous restions stupéfaits. Anéantis. Nous repensions à tous les efforts que nous avions fournis… à tout le temps que nous avions passé pour préparer cette fête… à tout ce dur labeur…

Une année entière de préparation et de boulot pour rien !

« Ne pas pleurer, m'imposai-je. J'ai *envie* de pleurer mais je *ne vais pas* pleurer. »

Je me relevai en chancelant. Et, un malheur n'arrivant jamais seul, j'aperçus sur le canapé un… un… bref, j'aperçus quelque chose sur le canapé :

– C'est quoi, ce truc ?

Une énorme tache, genre plus-horrible-que-moi-tu-meurs, décorait un coussin.

– Zut ! s'écria Shana. C'est ma faute : je préparais une boule de vase verte. J'ai dû la poser sur le canapé quand je me suis levée et… et elle a sali le coussin !

– Vite ! Mets un truc dessus avant que mes parents ne…, commençai-je.

Mais je n'avais pas fini ma phrase que maman et papa faisaient irruption dans le salon.

– Alors, ça marche ? demanda papa. Vous êtes fin prêts pour accueillir vos invités ?

Je croisai les doigts et priai pour qu'ils ne s'aperçoivent pas du désastre. Peine perdue !

– Mon Dieu ! Qu'est-ce qui est arrivé au canapé ? hurla maman.

Il fallut du temps à mes parents pour se remettre de cette catastrophe. Et moi, il m'en fallut aussi pour digérer ma soirée pourrie.

C'était il y a déjà un an. Nous avions raté deux fêtes de Halloween d'affilée.

Aujourd'hui, c'est de nouveau Halloween. Et nous avons deux fois plus de raisons de nous venger de Tabby et de Lee.

Si seulement nous savions comment…

# 10

– Cette année, je suis une cyberprincesse, claironna Tabby.

Ça ressemble à quoi, une cyberprincesse ? Eh bien, à une princesse normale : comme deux ans auparavant, Tabby avait posé sur ses longs cheveux blonds le même diadème étincelant, et elle portait la même robe rose à fronces, manches bouffantes et collerette. Seulement, elle avait peint son visage en vert fluo, ce qui la transformait, je suppose, en cyberprincesse.

Lee avait revêtu une cape et des vêtements moulants : il disait qu'il était déguisé en Superman, mais qu'il avait été obligé d'emprunter ce costume à son petit frère parce que blllbbbb blllbbbb mmmmm (son énorme chewing-gum m'empêcha d'apprendre le pourquoi de l'affaire).

Walker et moi avions opté pour les costumes de fantôme. Imaginez un drap blanc dans lesquels vous avez découpé des trous pour les yeux et pour les bras : eh bien, c'était ça, notre déguisement.

À peine m'étais-je glissée dans le mien que j'avais eu l'impression très étrange de planer dans les airs. Un vertige, sans doute…

– Où sont Shane et Shana ? demanda Lee.

– Je pense qu'ils nous rejoindront en route, répondis-je en attrapant mon sac à bonbons.

La nuit était froide. Un quartier de lune flottait doucement dans un ciel dégagé. L'herbe, couverte d'une mince couche de givre, semblait étrangement grise.

– On n'a qu'à commencer par les villas des Saules, suggérai-je. Il paraît qu'ils sont plutôt généreux, là-bas…

Tout le monde acquiesça.

Le vent s'engouffrait dans mon costume. À chaque pas, j'écrasais des feuilles mortes enrobées de givre. Elles s'émiettaient sous mon poids dans un craquement sourd.

Je jetai un œil sur le ciel : ça ne s'arrangeait pas. Plus nous avancions, plus il devenait sombre.

Quand nous atteignîmes les villas des Saules, un halo jaunâtre enveloppait les lampadaires. L'ambiance était lourde.

Nous croisions parfois des enfants bizarres : il y en avait un, par exemple, qui s'était déguisé en pack de lait géant, avec toutes les informations (ingrédients, date de péremption, apport nutritif, service consommateurs) écrites dessus, comme sur un vrai.

Nous aperçûmes une maison à peine éclairée, située un peu à l'écart. Inexplicablement, nous fûmes aussitôt attirés, presque aspirés par elle. Une force irrésistible nous poussa à frapper à sa porte toutes affaires cessantes.

À cet instant, j'aurais dû me douter que quelque chose clochait. Mais j'étais comme ensorcelée par cette atmosphère angoissante. Sans le savoir, je venais de tomber dans un piège implacable…

– Mon Dieu ! s'exclama la vieille femme qui ouvrit la porte. Quels costumes merveilleux vous avez !

La femme, elle, était tout sauf merveilleuse. Ses cheveux grisonnants retombaient en mèches sales sur ses épaules. Son visage fripé était parsemé d'énormes verrues purulentes. Des lunettes aux verres épais masquaient son regard. Ses lèvres violacées étaient tordues en une grimace permanente. Une vieille robe de laine, sale et puante, achevait de lui donner un air de sorcière. Elle était absolument HORRIBLE.

– Entrez ! nous dit-elle en reculant pour nous laisser passer. Entrez, je vous en prie, il faut absolument que Forrest voie vos costumes.

Fascinés par cet étrange personnage, nous allions pénétrer dans la maison quand Tabby se mit à hurler :

– Non ! Je ne veux pas ! Cette femme est un démon !

Je la toisai, agacée : elle voulait nous faire honte ou quoi ?

Par chance, la vieille ne l'avait pas entendue. Elle appelait Forrest depuis le couloir, lui répétant que nous avions « de merveilleux costumes ». Puis, se tournant vers nous comme pour mieux nous hypnotiser, elle nous gratifia d'un terrifiant rictus :

– Forrest adore les costumes !

Sans nous en rendre compte, nous l'avions suivie dans le salon. Tabby ne criait plus. Elle pleurait doucement en répétant qu'elle ne voulait pas mourir, pas mourir, pas mourir.

Derrière nous, la porte d'entrée grinça, puis se referma dans un claquement sinistre.

Dans le salon, un homme, assis, nous tournait le dos. Autour de lui, des enfants déguisés pleuraient, immobiles.

– Forrest ! Forrest ! l'appela de nouveau la vieille. Regarde ce que je t'ai trouvé ! Regarde ces costumes. Ne sont-ils pas merveilleux ?

L'homme se retourna. Ce n'était pas un homme.

Forrest était un monstre.

Un monstre monstrueux.

Le plus monstrueux des monstres.

Même si je vous le décrivais, vous ne pourriez pas comprendre. Il vaut mieux que vous imaginiez vous-mêmes le pire des monstres, et que vous supposiez que vous vous trouvez en face de lui, un soir de Halloween, dans une maison isolée, entouré par une quinzaine d'enfants en larmes. Comme ça, vous aurez une idée de la peur qui m'avait envahie.

Je ne criai pas. Impossible. Les sons restaient coincés dans ma gorge. Je voulais fuir, mais je ne parvenais pas à détacher mon regard de la créature.

Les murs ondulèrent, le sol devint mouvant. La pièce se mit à tourner de plus en plus vite autour de moi.

Le monstre se leva. Il devait mesurer au moins deux mètres, peut-être trois. Il nous jaugea lentement.

Dehors, le tonnerre retentit, secouant violemment la maison. J'entendis la vieille qui applaudissait :

– Je vous l'avais dit : Forrest adore les costumes !

– Il… il faut qu'on y aille…, bégaya Walker.

Un nouveau coup de tonnerre éclata.

– Qu'est-ce que tu dis ? demanda la vieille.

– Il faut qu'on y aille…, reprit mon meilleur ami. Nos parents nous attendent…

Le monstre leva un bras et l'avança vers Lee.

– Mes pauvres chéris, c'est nous, vos parents, désormais ! rit doucement la vieille. Vous allez rester ici pour l'éternité. N'est-ce pas, Forrest ?

Le monstre tourna la tête vers elle et grogna pour acquiescer. Un grognement infernal, effrayant. C'en fut trop pour moi : je m'effondrai sur le sol.

Forrest détourna son attention de Lee. Maintenant, c'est à moi qu'il s'intéressait. Je vis son corps gigantesque approcher.

– Forrest ! Manges-en un peu, mais gare à l'indigestion, lui lança la vieille au moment où la créature s'apprêtait à me saisir. Cet elfe m'a l'air particulièrement dodu !

– Non ! trouvai-je enfin la force de hurler. Je ne suis pas un elfe ! Vous n'avez pas le droit de me manger !

Mais je ne pouvais rien faire, et je savais que personne ne m'aiderait. La panique pétrifiait mes amis comme elle m'avait pétrifiée.

Un éclair passa dans les yeux du monstre. Je compris que j'allais mourir.

C'était mon cauchemar de la nuit dernière. À cet instant, j'ignorais que la réalité pouvait être bien plus horrible que le pire des cauchemars…

# 11

Mes amis doivent arriver d'un instant à l'autre, et je les attends avec impatience.

Pour tuer le temps, je me reraconte ce rêve terrifiant. Il ne finissait pas aussi mal qu'il avait commencé. Tabby et Lee restaient prisonniers de la sorcière et de Forrest, pendant que Walker et moi réussissions à nous échapper. Comment ? Je ne m'en souviens plus. Mais nous y parvenions, c'était l'essentiel.

Je souris béatement en y repensant quand Walker, Shane et Shana arrivent enfin. Nous ne perdons pas un instant. Sitôt les « salut, ça va ? » expédiés, nous nous précipitons dans ma chambre.

– Qu'est-ce que tu as à ricaner comme ça, Drew ? me demande Shana en s'installant confortablement au pied de mon lit.

– J'ai fait un rêve génial, hier !

– Ça parlait de quoi ? s'enquiert Shane en s'emparant d'une balle de tennis pour la lancer à Walker.

– De Tabby et de Lee.

– Et t'as réussi à faire un rêve génial avec Tabby et Lee ? Wouah ! T'es super douée ! s'exclame Walker en renvoyant la balle à Shane.

– Ouais, je crois que je suis super douée.

Mes trois amis éclatent de rire.

Je leur rapporte mon rêve. Je vois à leurs sourires gourmets combien ils l'apprécient. Mais à peine ai-je fini mon récit que Shana change de sujet :

– C'était génial, en effet. Et si on parlait maintenant de ce qu'on va faire pour Halloween ?

Elle a raison. Mais, pour que les garçons se concentrent sur le véritable sujet de notre réunion, elle tente d'intercepter la balle que Shane passait à Walker.

Erreur fatale !

Walker, anticipant son intervention, bondit et commente à haute voix son action :

– C'est EXTRAORDINAIRE ! Scottie Pipen est face à deux adversaires… D'une feinte de corps magistrale, il vient de les éliminer… Scottie Pipen est seul au monde… Il perfore la défense et entre dans la raquette comme dans du beurre… C'est fabuleux, ce qui est en train de se passer… Il reste à peine deux secondes à Scottie pour donner la victoire à son équipe… Il esquive un dernier joueur, il s'élève, il dunke, il MAAARQUE !

Pour fêter son dunk gagnant, Walker-Scottie expédie la balle vers son coéquipier, aussi fort qu'il peut. Trop fort, malheureusement. La balle échappe à son destinataire et heurte ma lampe de chevet :

– Nooooon !

En m'entendant crier, Shane bondit à son tour et rattrape la lampe avant qu'elle ne se fracasse au sol.

– Il est vraiment, il est vraiment phénoménal, la la la…, hurle Walker, soulagé, en entraînant Shane dans une farandole ridicule.

Shana et moi refusons de nous y joindre, mais cela ne tempère pas l'enthousiasme de nos amis :

– Il mériterait, continue de brailler Walker, il mériterait d'être dans le journal, la la la…

Je regarde Shana, consternée : nous sommes en train de perdre un temps précieux…

– Dites, les garçons, on peut parler sérieusement ou pas ? demande Shana. À moins que ça ne vous intéresse pas de flanquer la chair de poule à Tabby et à Lee ?

– Si on n'a même plus le droit de rigoler, maintenant…, grommelle Walker en reprenant sa place.

Par mesure de prudence, je confisque la balle de tennis :

– On a le droit de rigoler, mais ce n'est pas comme ça qu'on réussira à se venger de ces deux imbéciles.

– Moi, j'ai une idée, dit timidement Shane.

Nous nous tournons vers lui, pleins d'espoir.

– On n'a qu'à se mettre derrière un lampadaire, on attend que Tabby ou Lee passe, et on crie : BOUOUH ! lance-t-il en éclatant de rire.

Shana et moi soupirons. L'heure est grave, mais ni Walker ni Shane ne semblent en avoir conscience.

Alors je fais une suggestion sérieuse :

– Moi, j'ai pensé que, quand la fête battrait son plein...

– La fête ? Quelle fête ? s'étonne Walker.

– Ben... la fête qu'on va organiser pour Halloween !

– Non ! crient en chœur mes trois amis. Pas de fête ! Plus jamais de fête pour Halloween...

Le souvenir de la soirée ratée de l'an dernier n'est pas près de s'effacer : nous avions fait tellement d'efforts pour rien !

– Shane et moi avons de meilleures idées, dit Shana.

– Ouais. Des idées mortelles..., renchérit Shane. Tabby et Lee n'en reviendront pas.

Les jumeaux se concertent du regard. Lequel d'entre eux nous expliquera leur plan diabolique ?

– Super ! Extra ! Parfait ! Top ! Giga ! Génial ! Cool ! Excellent !

Nous n'avons pas assez de mots, Walker et moi, pour féliciter nos amis. Ils ont bien préparé cette réunion. Leur stratégie est simple, efficace, effrayante.

– On est d'accord ? demande Shana.

– Complètement d'accord, confirme Walker.

J'acquiesce à mon tour :

– Furieusement d'accord !

– Vous pensez que vous arriverez à convaincre Tabby et Lee de se joindre à nous pour collecter des bonbons ? s'enquiert Shane.

Je le rassure aussitôt :

– C'est comme si c'était fait !

En réalité, je m'avance un peu. Mais nous devons les décider. C'est notre dernière chance. Il n'est pas question de la laisser passer.

Nous réglons les derniers détails quand, brusquement, la porte de ma chambre s'ouvre :

– Qu'est-ce que vous fabriquez ? s'informe ma mère, une pile de linge propre dans les bras.

– Oh, rien, Madame, s'empresse de répondre Walker.

– Rien du tout ! confirme aussitôt Shane en reposant précipitamment ma lampe de chevet, comme si c'était la chose la plus normale du monde.

Je trouve une réponse non sans danger, mais plus vraisemblable :

– On se demandait juste comment on allait s'habiller pour ramasser des bonbons, le soir de Halloween.

– Mais, Drew, s'étonne ma mère, il n'est pas question que tu sortes ce soir-là !

# 12

« Hein ? Quoi ? Mais, Maman, je *dois* absolument sortir ! Absolument ! Ou alors, tous nos plans tombent à l'eau ! On *doit* se venger de Tabby et Lee, tu comprends ? On *doit* leur faire payer nos deux fêtes ratées ! »

Voilà les mots qui me brûlent les lèvres. Mais je les garde pour moi et dévisage ma mère : elle plaisante. C'est ça : elle me fait marcher.

Eh non ! Elle est on ne peut plus sérieuse. La négociation s'annonce serrée.

Encore sous le choc, je demande :

– Pourquoi tu ne veux pas, Maman ? Qu'est-ce que j'ai encore fait pour être punie ?

– Tu n'es pas punie, Drew, dit-elle en souriant. Simplement, il n'est pas question que tu t'éloignes de la maison le soir de Halloween. Tu sais que, tous les ans, des enfants disparaissent à cette date, et figure-toi que je n'en ai pas encore assez de t'entendre grogner quand tu es en colère.

Je m'énerve :

– Mais les années précédentes, tu nous as laissés…

– Il y a deux ans, vous êtes allés chez Lee, juste à côté. Et le problème ne s'est pas posé l'an dernier, puisque vous avez préféré passer la soirée à massacrer le canapé, plutôt que de vous amuser gentiment à vous faire peur avec des citrouilles et des toiles d'araignée en plastique.

Mes amis se dandinent d'un pied sur l'autre, gênés. Ils sont responsables au même titre que moi de l'énorme tache laissée sur le canapé par la vase verte… surtout Shana !

J'essaie de changer de sujet :

– Et la police ? Elle doit patrouiller dans les rues. S'il y a un maboul qui kidnappe des gens la nuit de Halloween, ça ne doit pas être très difficile de l'arrêter.

– Ouais, et puis on est quatre, personne n'osera nous embêter…, intervient Walker.

– Pardon, on sera six ! renchérit Shana. En plus de nous, il y aura Tabby et Lee.

– Et nous serons extrêmement prudents, promet Shane.

Que d'arguments ! Réconfortée, j'en rajoute :

– Et puis, nous n'irons pas loin ! J'ai horreur de marcher.

– Moi aussi, crient mes amis d'une seule voix.

– Allez, Madame, soyez chic ! ronronnent les jumeaux.

– S'il vous plaît, supplie Walker.

Maman semble réfléchir un instant. Je lance un regard complice à mes amis. On a ga-gné, on a ga-gné ! Walker lève déjà un pouce pour signifier : « Bien joué », quand le verdict tombe :

– C'est non, Drew. Désolée, mais c'est non. Sauf si la police arrête le coupable entre-temps, bien sûr…

Bien sûr, oui.

Je fais des efforts surhumains pour ne pas pleurer. J'ai une envie furieuse de frapper tout le monde à coups de poing et de pied. Je bous de rage. Je vais exploser.

Une fois de plus, ma soirée de Halloween est gâchée. Nous ne parviendrons donc jamais à accomplir notre vengeance ?

# 13

Le soir même, je répète mes arguments à mon père : on sera six, on n'ira pas loin, on fera très attention, c'est notre dernière vraie soirée de Halloween (l'an prochain, on sera trop grands pour se déguiser), et on adore cette fête.

Je m'apprête à lui proposer de mettre la table pendant deux semaines, non, une semaine, sans qu'on me le demande, s'il accepte de nous laisser sortir ce soir-là quand je vois passer une lueur dans ses yeux : il m'a l'air sur le point de dire oui. Ce ne sera pas la peine d'en arriver à ces extrémités.

– Il faut que j'en parle à ta mère, Elfe. Elle ne me semblait pas très emballée.

Cette fois, je m'abstiens de lui rappeler que je m'appelle Drew, pas Elfe. Je préfère lui expliquer, sur un ton très sérieux :

– Elle a sûrement lu un article sur « les disparus de Halloween » ce matin. Il y en a chaque année, et comme elle est impressionnable…

Mon père sourit :

– Je vois que tu lis le journal, toi aussi. Alors tu es au courant des disparitions.

– Oui mais…

– Je sais. Vous serez nombreux, et patati et patata. Écoute, Drew, a priori, je ne vois pas d'inconvénient majeur à ce que vous sortiez ensemble près de la maison, à condition que…

Avant qu'il n'ait le temps de se rétracter, je pousse un hurlement de triomphe et me précipite sur le téléphone :

– Je peux sortir pour Halloween, Walker !

Je suis folle de joie. Je tressaute, je tremble, je crie intérieurement : « Victoire ! », je lève les bras, et un stade d'environ cent cinquante mille personnes m'acclame.

Il ne reste qu'un détail à régler — oh, un petit détail : je dois absolument convaincre Tabby et Lee de nous accompagner. Mais comment ? Par quel miracle ? Mon enthousiasme retombe aussi vite qu'il est monté.

Je tente néanmoins ma chance : qu'est-ce que j'ai à perdre ? Je fonce chez Lee. Il a plu toute la matinée, et les nuages noirs flottent encore dans le ciel. Pourvu qu'il ne fasse pas ce temps-là pour Halloween !

À peine ai-je frappé chez lui que Lee vient m'ouvrir. Je ne peux retenir un cri en l'apercevant. Il a deux antennes sur la tête et porte une veste jaune bouffante sur un maillot de bain une pièce à peine voyant : il est jaune rayé de noir. Je lui demande :

– Tu vas te déguiser en Maya l'abeille, pour Halloween ? C'est original !

– Pas en Maya l'abeille, rétorque-t-il : je suis l'Abeille de la Mort, et je tue tous ceux qui m'embêtent.

Et, brusquement, il me fonce dessus. Je l'évite et me mets à courir vers la rue. Il bourdonne en me poursuivant :

– Bzzz ! bzzz ! Je suis l'Abeille de la Mort ! Bzzz ! bzzz !

C'est plus fort que moi, je sprinte. Pas question de me laisser attraper ! Bien sûr, ce n'est qu'une blague. Mais, avec Lee, on ne sait jamais…

Des éclats de rire m'apprennent qu'il a abandonné la poursuite. Que faire ? Retourner à la maison sans avoir posé ma question ? Ou, comme si rien ne s'était passé, lui demander s'il veut bien nous accompagner, mes amis et moi ?

– Eh bien, Drew, perds encore quelques kilos, et tu deviendras championne de course à pied…

Je reconnais la voix. Tabby ! Elle était là ! Son rire chevalin me fige.

– Elle est si peureuse…, commente Lee. Je ne sais pas si nous pourrons l'inviter comme nous avions prévu.

Je sursaute :

– M'inviter ?

– Oui, explique Tabby. Cette année, pour Halloween, nous voulions faire la tournée des maisons avec toi… Mais tu es trop froussarde !

– Je ne suis pas froussarde ! Je… je ne m'attendais pas à ça, c'est tout. Est-ce que Shane, Shana et Walker pourront venir avec nous ?

Tabby et Lee se regardent et sourient un peu bizarrement :

– Oui, pourquoi pas ?

Je n'ai jamais été aussi heureuse de ma vie. Nous tenons notre vengeance !

– Rendez-vous ici à dix-huit heures, précise Lee.

– D'accord !

Et voilà, le piège est en place. Plus que quelques jours, et les cris de frayeur des deux compères feront trembler tout le quartier. Une diabolique envie de rire me prend, mais, en repensant au sourire de Tabby et de Lee, je sens poindre un terrible pressentiment. Et si… et si eux aussi nous avaient *encore* tendu un piège ?

# 14

Jour J.

Je suis si nerveuse que je parviens à peine à enfiler mon costume de SuperDrew, pourtant pas très compliqué (pantalon et sous-pull bleu vif, short rouge par-dessus le pantalon et nappe rouge en guise de cape). Je me mets du rouge sur le visage, et je jette un regard dans la glace : pas mal ! Bon, d'accord, pas génial non plus. Mais ça n'a aucune importance. Sauf pour mon père, qui veut absolument me prendre en photo. Je tente en vain de protester :

– Papa, au retour, si tu veux… Là, je suis en retard…

– Allez, Drew, dit-il, un sourire !

Un sourire ! Comme si SuperDrew souriait !

Je grimace. Un immonde rictus de la mort, et le flash m'éblouit.

– Une autre, ordonne mon père. Tu as cligné des yeux !

– Non, Papa, je t'ai déjà dit que j'étais en retard.

Mais je ne couperai pas à une autre photo. SuperDrew refait son immonde rictus de la mort, le flash se déclenche, et je peux enfin quitter la maison pour foncer chez Lee.

– Ne parle pas aux inconnus ! Ne vous éloignez pas les uns des autres ! Drew, tu n'oublieras pas de dire « Merci, madame » et « Merci, monsieur » aux gens qui…

Je n'écoute plus ma mère ; je pourrais réciter ses recommandations en long, en large, en travers et à l'envers si vous me le demandiez.

À présent, je cours. La nuit est déjà tombée, la pluie aussi, laissant derrière elle son cortège de nuages et de vent humide. Je m'encourage : au moins, il ne pleut plus. Et puis, le mauvais temps n'est qu'un détail. Pour flanquer la frousse à Tabby et à Lee, je serais capable d'affronter la pire des tempêtes polaires !

Walker m'attend devant la maison de Lee. Il est seul. Je l'interroge du regard.

– Il n'y a personne, m'annonce-t-il. J'ai sonné, mais tout est éteint. C'est bizarre, non ?

Plutôt, oui…

– Je suis arrivé à moins cinq, continue Walker. Je ne comprends pas où ils sont passés. Ils n'ont quand même pas oublié qu'on avait rendez-vous !

Je réfléchis :

– Ils ont dû sortir avec leurs parents, et ils ont été retardés… C'est pour ça qu'il n'y a personne.

J'ai toujours été nulle pour inventer des explications.

– Oui, ça doit être ça, approuve Walker, pas difficile. À moins que…

Mais je n'entends pas la fin de sa phrase : un grognement inhumain l'a couverte. Un grognement très grave, qui se met à grossir. Un grognement d'ours. Ou de loup. Ou de lion. Quelque chose d'horrible et de paniquant…

– Qu'est-ce que… Qu'est-ce que c'est ?

Seul un hurlement bestial me répond.

– Hé, mais c'est quoi, ce truc, Drew ? s'écrie Walker.

– Une blague. Certainement une blague.

Je tente de me rassurer, mais je tremble de tous mes membres. Le grognement reprend, entrecoupé de cris sauvages. Je vais fuir. Ou plutôt : je *veux* fuir. Mais je n'y parviens pas. Je suis clouée sur place. Et Walker aussi.

– Au secours ! gémit-il, trop doucement pour que d'autres que moi l'entendent.

Brusquement, les bruits se font plus proches ; et des branchent craquent ; et une main me saisit à l'épaule. Je me tourne : une horrible créature, la tête velue et dégoulinant de bave, me contemple avec avidité. Je me retourne : une autre créature, semblable à celle qui me retient, s'occupe de Walker.

Je suis soulagée : ce sont des gens déguisés qui s'amusent à nous faire peur. Et moi qui m'imaginais déjà que Tabby et Lee avaient de nouveau demandé à leurs amis de nous terroriser !

– Non, non, pas ça ! couinons-nous en chœur pour ne pas gâcher leur plaisir.

C'est alors que les monstres raffermissent leur prise et tentent de nous pousser vers un coin plus sombre. Je ne comprends pas à quoi ils jouent. Mais nos agresseurs insistent, et l'un d'eux parvient à traîner Walker.

Et, tandis que mon ami se débat, le souvenir de l'article sur les disparus de Halloween me revient. Ces faux monstres… ce sont les vrais kidnappeurs !

# 15

Dans un dernier sursaut, je lève les bras au-dessus de ma tête… et je sens qu'ils heurtent quelque chose de bizarrement dur. Je regarde et m'aperçois que la tête du monstre s'est détachée.

Furieux, mon adversaire détourne le visage, mais je l'ai reconnu : ce n'est pas le kidnappeur, mais simplement… Todd ! Todd Jeffrey ! Celui qui nous avait fait peur il y a deux ans avec Joe !

Je laisse éclater ma colère et injurie les deux imbéciles :

– Vous êtes vraiment des gros nuls !

Quand il s'aperçoit que son compère est démasqué, Joe s'arrête et explose de rire. Perplexe, Walker lève la tête, haletant :

– Que se passe-t-il ?

Puis il reconnaît lui aussi nos agresseurs :

– Oh non, pas ces deux débiles, pas *encore* ces deux débiles !

À bout de nerfs, il s'effondre sur le macadam mouillé.

– Alors, Drew, en définitive, t'es une froussarde ou t'es pas une froussarde ? me demande Tabby, qui sort d'un buisson.

Lee arrive à ce moment, crache son inévitable chewing-gum verdâtre et félicite ses deux hommes de main. Je l'interpelle :

– Ça vous amuse, hein, ce genre d'âneries ?

– Ouais, ça m'amuse assez, avoue-t-il. C'est rigolo, non ?

– Exactement le mot que je cherchais : rigolo, confirme Todd en ôtant son costume.

– *Trop* rigolo, précise son complice.

Et, en effet, ils s'esclaffent comme s'ils s'amusaient vraiment.

– Bon, allez, faites pas la tête, les enfants ! lance Todd. On vous laisse aller chercher des bonbons. Ça ira mieux après…

Après un dernier salut à leurs commanditaires, les deux monstres s'éloignent.

Walker se redresse et regarde Lee avec dureté. Je sais ce qu'il pense : « Tu vas payer, Lee. Pour ça et pour le reste. Tu vas payer très cher. »

– Quand même, Drew, tu es encore plus froussarde que je ne pensais, conclut Tabby en caressant nonchalamment son costume de danseuse.

C'est à mon tour de lui jeter un regard plein de promesses : rigole bien, ma grande ! éclate-toi. Bientôt, ce sera ta fête. Et, là…

# 16

– Shane et Shana ne sont pas là ? demande Lee.

– Ils nous rejoindront, grince Walker. Ils nous ont dit de commencer sans eux.

– Dommage ! Ils ont manqué le meilleur, lance Tabby.

Walker et moi nous retenons pour ne pas dire : « C'est pas sûr… »

Nous avons convenu que Shane et Shana nous surprendraient en chemin. Il ne faut donc pas laisser soupçonner quoi que ce soit à nos ennemis jurés.

Ce n'est pourtant pas l'envie qui nous manque…

Nous frappons à la maison la plus proche.

– Quels costumes, euh, comment dire, originaux ! s'exclame la dame qui nous ouvre la porte. Ils ne ressemblent à rien de connu… surtout celui-ci.

Et elle me montre du doigt, au cas où j'aurais gardé un doute sur la méchanceté du monde à mon égard.

Alors, je précise d'une voix sépulcrale :

– Je suis SuperDrew, une sorte de Superwoman qui…

– C'est très bien, m'interrompt la dame. De nos jours, nous avons tellement besoin de superhéros !

Et, machinalement, elle nous distribue des bonbons, avec double ration pour Tabby, parce qu'elle est mignonne et sûrement première en classe.

La tournée a si mal commencé que ça m'est égal si Tabby est la chouchoute des mamans, avec son costume rose (carrément ridicule) de danseuse. Les premiers bonbons que nous récoltons nous font malgré tout énormément plaisir, à Walker et à moi. Nous nous arrêtons pour les savourer, rabroués par Tabby et Lee, qui s'impatientent :

– Il faut continuer ! Vous n'allez pas vous arrêter maintenant ! On commence à peine…

Walker et moi nous regardons. Nous n'avons pas l'intention de nous arrêter, mais nous n'avons pas non plus l'intention de nous dépêcher. La bouche pleine, je demande à mon ami :

– Ils chont rigolos, n'est-che pas ?

– Ch'est le mot que che cherchais : ils chont trop rigolos ! me répond-il en mâchonnant.

Chacun chon tour, quoi !

Vingt minutes plus tard, nous avons fini d'écumer notre pâté de maison.

Les gens sont plutôt généreux et, ce qui me réjouit, ils se moquent plus souvent du costume de Lee que du mien. Vu le temps que nous avons mis chacun à les préparer, Lee et moi, je trouve ça « trop rigolo » aussi.

Bref, je m'amuse comme une petite folle quand, au coin d'une rue, deux ombres surgissent. Des ombres étranges : tout le corps est revêtu de noir, et, à la place de la tête, il y a… une citrouille !

Mais le plus terrifiant est à venir : quand les silhouettes se tournent vers nous, nous nous mettons à crier. Car à l'intérieur de la tête-citrouille brillent deux petites flammes !

# 17

Tabby et Lee éclatent de rire. Puis Lee se tourne vers moi :

– Désolé, Drew, mais ça ne marche pas avec nous !

Je bégaie, stupéfaite :

– Comment ça, ça… ça ne marche pas ?

– C’est Shane et Shana, on les a reconnus tout de suite, lance Tabby.

– Alors, Shane, ça boume ? demande Lee en s’approchant des créatures. T’en as un beau costume, dis-moi… Comment tu fais pour voir, avec ces flammes ?

Mais le monstre à tête de citrouille ne lui répond pas. Il semble nous regarder avec attention et gronde doucement. La flamme dans ses yeux lèche le pourtour de ses orbites, comme si elle allait gagner la citrouille entière, et même comme si… comme si elle allait s’échapper du crâne et atteindre Lee !

Je ne peux m'empêcher de frissonner. Ces costumes sont vraiment excellents : on entend distinctement gronder les flammes dans la citrouille, et, de près, on s'aperçoit que les robes ne sont pas noires, mais vertes… comme des feuilles de citrouille. Excellent, oui. Et pourtant je suis terriblement déçue que Tabby et Lee ne s'y soient pas laissé prendre.

Walker est fasciné :

– Ce feu… c'est pas possible…

Nous essayons de jouer les gamins terrifiés, mais il faut se rendre à l'évidence : Shane et Shana ne font pas peur à nos ennemis ! Je chuchote à mon ami :

– Dommage qu'ils n'y croient pas !

– Attends, ce n'est que le début, me répond-il à l'oreille. Shane et Shana nous ont dit qu'ils iraient pro-gres-si-ve-ment !

– Ouais, eh bien, justement, vous avez encore des progrès à faire, si vous voulez nous effrayer un jour, nous assène Lee en fixant d'un air narquois les deux silhouettes.

– En attendant, on gèle sur place ou quoi ? demande Tabby.

– Non, non, on y va, concède Walker.

– Pas par là, grogne un homme-citrouille alors que nous nous apprêtons à prendre la direction de la maison de Tabby.

Je n'ai jamais entendu une voix aussi bizarre : une sorte de grincement rauque accompagné d'un soupir, comme des feuilles mortes qui s'effriteraient sous nos pas.

– Pardon ? s'écrie Lee.

– Pas par là, répète l'homme-citrouille.

– On va vous montrer des endroits très spéciaux..., confirme l'autre.

– Si spéciaux que vous ne les oublierez jamais..., complète le premier.

– Jamais..., soufflent les deux ensemble.

Leur grondement reprend, lancinant, et les flammes éclairent leurs visages grimaçants.

Tabby écarquille les yeux :

– Chapeau, Shane et Shana ! Et maintenant que vous nous avez montré toute l'étendue de votre talent, si vous abandonniez ces voix de la mort ? Elles sont un peu ridicules...

Walker et moi, nous échangeons un clin d'œil : notre ennemie jurée commencerait-elle à perdre pied ?

Ni Shane ni Shana n'obtempèrent.

– Par là, dit simplement l'une des créatures en désignant la direction opposée à celle que nous comptions prendre.

– Par là ? Mais pourquoi ? s'inquiète la danseuse de pacotille.

– Et pourquoi pas ? lance Lee, l'air fanfaron.

Pourquoi pas ? Parce qu'on ne se méfie jamais assez des créatures bizarres, le soir de Halloween ! Mais ça, nous ne pouvions pas le savoir...

# 18

Nous suivons Shane (ou Shana), tandis que Shana (ou Shane) ferme la marche.

– On va où ? demande Lee.

Mais personne ne lui répond.

– Moins vite ! crie à son tour Tabby.

Déjà, nous avons traversé deux grandes rues. Je ne suis jamais venue là où nous sommes à présent. Si mes parents apprennent que nous nous sommes éloignés à ce point, ils me tueront !

– Par là, grogne l'homme-citrouille de tête.

– Pourquoi on fonce comme ça ? s'énerve Lee. Il y a un tas de maisons où on aurait pu ramasser plein de bonbons !

Brusquement, la créature qui ouvre la marche s'arrête et se tourne vers Lee. Les flammes ronflent dans sa tête. Elle s'approche de notre ennemi juré, qui fait un pas en arrière.

– Eh ! Oh ! J'ai rien dit de mal ! lance Lee précipitamment.

Mais la créature s'est figée :

– Des bonbons, beaucoup de bonbons…

Elle éclate de rire.

Interloqués, nous nous regardons. Que signifie ce rire à vous faire dresser les cheveux sur la tête ? Et comment Shane et Shana arrivent-ils à émettre des sons aussi désagréables ?

Puis Shane (ou Shana) désigne la maison la plus proche :

– D'accord, bonbons.

Nous frappons donc à la porte. Accompagnés par nos gardiens, nous obtenons un franc succès. Croulant sous les compliments, nous recevons chacun deux barres chocolatées.

– Vous en voulez, les gars ? demande Lee en offrant une barre à nos guides.

– Pas manger, rétorque une créature. Continuer. Autres bonbons. Beaucoup autres bonbons.

Et de nouveau retentit cet horrible grincement qui lui tient lieu de rire…

À présent, nous nous arrêtons à chaque maison. Il ne faudra pas longtemps pour que nos sacs soient pleins !

À chaque fois, les gens demandent aux créatures comment elles ont réussi à fabriquer des déguisements aussi géniaux. Mais elles se contentent de grogner, et nous sommes obligés d'expliquer que c'est un secret qu'il nous est strictement interdit de divulguer.

Nous errons donc de maison en maison sans que nos guides donnent le signal du retour. Nos sacs sont lourds et, pour ma part, je commence à en avoir assez. En plus, l'heure tourne, et mes parents vont finir par s'inquiéter…

C'est Tabby qui craque la première :

– J'en ai marre. On rentre.

– Par là, lance un homme-citrouille pour toute réponse.

– Ça suffit, rétorque Lee. On s'est bien promenés, on a plein de bonbons, moi, je ne vais pas plus loin.

Alors la créature qui ouvre la marche le fixe longuement. Pendant un long moment, elle le regarde.

Ses antennes d'Abeille de la mort fièrement dressées, Lee ne cille pas. Il a beau être mon pire ennemi, je le trouve sacrément courageux.

Bien sûr, je sais que c'est Shane et Shana qui portent ces déguisements. Mais ce qu'on voit est terrifiant. Les flammes qui éclairent leur tête passent du jaune orangé au rouge vif, et de petites volutes noires s'en échappent. Plutôt impressionnant, non ?

– Continuer, gronde l'homme-citrouille.

– Je rentre, grince Lee en faisant brusquement demi-tour.

C'est alors qu'il s'aperçoit, et nous avec lui, que trois autres créatures nous ont rejoints. Marchant de front derrière nous, elles barrent le chemin du fugitif !

# 19

La stupeur nous fait ravaler nos cris de colère. Nos nouveaux gardiens poussent un même grondement :

– Pas par là… L'autre côté… De nouveaux endroits… Tu n'oublieras jamais…

En hurlant, Lee lance son poing vers celui qui se tient à côté de lui :

– Je ne plaisante pas ! C'est fini !

Les étranges personnages ne bougent pas d'un pouce, comme si les coups de Lee comptaient pour du beurre. Sans s'énerver, ils repoussent l'assaillant en disant :

– Non, pas fini. Encore. Plus loin. Par là. On y va.

Tabby tente de s'échapper elle aussi. Mais les hommes-citrouilles nous cernent, et ils ne la laissent pas partir. À son tour, elle balance de grands coups de poing dans la créature la plus proche, avant de se mettre à sangloter sans retenue quand elle comprend l'inutilité de son combat.

– C'est pas drôle ! gémit-elle alors que Lee s'essouffle dans sa bataille vaine. Je veux rentrer à la maison…

Malgré la fatigue, je frissonne de bonheur : Walker et moi tenons notre vengeance ! Les jumeaux ne nous avaient pas menti quand ils nous avaient promis qu'ils effraieraient pro-gres-si-ve-ment nos ennemis. En enrôlant trois autres figurants et en leur demandant d'intervenir quand leurs victimes seraient déjà fatiguées, ils ont réussi un coup de maître !

Je cherche les mains de Walker pour les serrer, mais mon ami ne partage pas mon enthousiasme :

– À quoi ils jouent ? Qu'est-ce qu'ils attendent pour nous relâcher, maintenant ?

Je hausse les épaules et lui chuchote :

– Mais ils vont nous relâcher bientôt, qu'est-ce que tu crois ?

C'est alors qu'une créature nous pousse dans le dos :

– Avancer. D'autres endroits. Vous n'oublierez jamais…

D'un coup, ma joie s'évanouit. Walker a raison. Shane et Shana en font un peu trop. Cela dit, on ne peut pas le leur reprocher, vu le service qu'ils nous ont rendu !

– Par là ! me souffle en pleine figure la créature qui me suit.

Mes compagnons ne se révoltent plus. Ils ont repris leur marche. Bien obligée, je les imite. Nous avançons donc. Vers où ?

# 20

– Shane ! Shana ! implore Tabby. On pourrait faire une pause, non ?

Notre ennemie a piteuse allure. Son costume est trempé, et elle-même tremble, sans qu'on puisse savoir si c'est de peur ou de froid.

– On est crevés ! proteste Lee à son tour.

Son sac à bonbons traîne lamentablement sur le sol.

– Encore ! grondent les créatures. D'autres endroits. Beaucoup d'autres.

Et les voilà qui rient de nouveau, nous glaçant les sangs.

La détresse de Tabby et de Lee a cessé de nous revigorer, Walker et moi. J'ai mal aux pieds, et les hommes-citrouilles nous pressent sans cesse.

Pour aller où ? Mystère ! Il est trop tard pour sonner chez les gens. Et nous avons dépassé les dernières maisons de la ville. Nous nous dirigeons droit vers la forêt, à présent. Mais pourquoi Shane, Shana et leurs amis nous entraînent-ils là-bas ? Et qui sont ces amis ?

Malgré moi, je commence à trouver la situation bizarre…

La route bitumée débouche sur un parking en bordure des arbres. Nous n'en voyons pas grand-chose : il est éclairé uniquement par les citrouilles qu'arborent nos gardiens. Mais je connais l'endroit. Quand j'étais petite, mes parents se garaient ici pour la sempiternelle « promenade du dimanche ». Je trouvais ça terriblement ennuyeux.

En ce moment, ce n'est pas ennuyeux ; c'est très mystérieux et très très fatigant ! Nous en avons assez de traîner nos sacs à bonbons. Nous avons froid, et une seule envie : rentrer.

Walker ne cesse de jeter des regards inquiets autour de lui.

– Tu sais, les hommes-citrouilles, là… Je suis sûr que ce n'est pas Shane et Shana, m'assène-t-il.

Étonnée, je lui demande pourquoi il dit ça.

– Shane et Shana, c'est des copains, jamais ils ne nous auraient traînés ici…, me répond-il. Et puis tu as vu ces costumes ? Tu as entendu ces voix et la façon dont ils parlent ?

Mon ami secoue la tête, une pointe de panique dans la voix :

– Ce n'est pas possible que ce soit Shane et Shana !

Je ne trouve pas d'argument pour le rassurer. Je ne peux qu'espérer qu'il se fait des idées…

Voilà dix bonnes minutes que nous stationnons sur le parking. Nous demandons à nos gardiens si ça va durer encore longtemps, mais ils nous répondent dans leur langage idiot :

– Pas bouger. D'autres endroits. Vous n'oublierez jamais.

– Je veux partir…, pleurniche Tabby.

– Ouais, on veut rentrer…, l'appuie Lee.

– On est tous d'accord, plaide Walker. Pas vrai, Drew ?

Je soupire :

– Moi aussi, j'en ai marre. Shane, Shana, qu'est-ce qu'on attend pour faire demi-tour ?

La créature à qui je m'adresse me scrute et dodeline de la tête :

– Pas rentrer. D'autres endroits à voir.

Alors ça, ça finit par m'exaspérer :

– On en a déjà vu, des « autres endroits » !

– Encore d'autres. Beaucoup d'autres. Toujours d'autres.

– Mais rentrer ? Quand ? s'emporte à son tour Lee en tâchant de parler le même langage que nos kidnappeurs.

Les flammes redoublent d'intensité quand une créature daigne lui répondre :

– Jamais.

# 21

Un hurlement d'horreur s'échappe de nos bouches.

Désormais, j'en suis sûre : il se passe quelque chose d'anormal.

Quand la panique reflue, je prends mon courage à deux mains et pose en bégayant la question qui me brûle les lèvres depuis un bon moment :

– Qui… qui êtes-vous ? Vous n'êtes pas Shane et Shana, c'est ça ?

Je tremble de tous mes membres. Aucun des hommes-citrouilles ne me détrompe. Leur silence me met hors de moi. Il faut que je sache. Je les apostrophe de nouveau :

– Qu'avez-vous fait à nos amis ? Où les avez-vous laissés ? Est-ce que vous les avez… tués ?

Pas de réaction.

Je me tourne vers Walker. Dans la lumière vacillante des flammes, la frayeur sur son visage est criante.

Je cherche le soutien de Tabby et de Lee. Mais à leur inquiétude s'ajoute la colère :

– C'était donc ça, ta super idée de Halloween ? siffle Tabby, furieuse.

Lee prend une grande inspiration :

– J'ai failli marcher, parce que je n'imaginais pas que quelqu'un ait osé préparer une blague aussi nulle. Ensuite, j'ai compris que toi, évidemment, tu avais osé. Alors, j'ai fait semblant d'avoir super peur, pour que tu passes pour une fois une bonne soirée de Halloween.

Il ment, je sais qu'il ment. Il n'a pas fait semblant, il a *vraiment* eu peur. Il a *vraiment* voulu fuir, il a *vraiment* essayé de s'échapper. Et il espère que je vais lui avouer que tout ça n'est qu'un horrible cauchemar, que nous allons bientôt nous réveiller dans notre lit douillet, bien au chaud sous nos couvertures. Mais ce n'est pas un cauchemar. Ou plutôt c'est un cauchemar bien réel !

– Alors, maintenant que tu sais que ça ne prend pas, on arrête tout, m'ordonne-t-il.

J'écarte les bras en un geste d'impuissance :

– Je n'y suis pour rien, Lee ! Je te le jure !

– Aaaaaah ! crie Lee en bondissant.

Je tends les mains devant moi pour amortir le choc. Mais ce n'est pas moi que vise notre ennemi : il s'est jeté sur une des créatures, et il a entrepris de lui arracher la tête.

– C'est juste des déguisements ! hurle-t-il. Je vais lui enlever son masque, à cet imbécile ! Y a pas de magie ! Tout est normal ! J'en ai ras-le-bol de ces âneries !

Et il tire de toutes ses forces, que décuplent la haine et la peur, sur la citrouille. Brusquement, il part en arrière en vol plané, la citrouille dans les bras : il a réussi ! Aussitôt, nous nous tournons pour voir la tête de Shane. Enfin nous allons pouvoir rigoler un bon coup du tour que nous avons joué…

Mais la créature à qui Lee s'est attaqué n'est plus qu'une silhouette sans tête, plongée dans l'obscurité. Les citrouilles ne sont pas des masques ! Les hommes-citrouilles ne sont pas des humains déguisés !

Peu à peu, la vérité que nous ne voulions pas accepter devient aveuglante : nous sommes prisonniers de cinq MONSTRES !

# 22

Anéantis par cette révélation, nous ne crions même pas. Nous regardons la citrouille flamboyante que Lee a lâchée comme s'il s'était brûlé. Ce soir, nous avions rendez-vous avec l'horreur…

La tête arrachée par Lee semble bouillir de rage : elle grimace furieusement en jetant des éclairs. Mais les autres créatures n'ont pas bougé. Leur grondement se fait de nouveau entendre.

Une main de glace s'abat sur mon épaule. Je hurle :

– Nooooon !

Je me retourne, paniquée. Ce n'est que Walker, qui a l'air frigorifié, et qui me montre le ciel d'un doigt tremblant. Je l'observe, intrigué. Puis je comprends ce qu'il me désigne : une lueur ! À peine décelable il y a un instant, elle grandit et devient nette à vue d'œil. Qu'est-ce que cela peut bien être ? Affolée, je pense qu'un OVNI fonce droit sur nous.

Aussitôt, je me rassure en me disant : « Des OVNI ? Ça n'existe pas. » Et une bouffée d'horreur me submerge : les hommes-citrouilles non plus, ça n'existe pas !

Tabby et Lee n'ont pas réagi. Blottis l'un contre l'autre, ils semblent plongés dans une torpeur profonde. Les créatures se sont regroupées autour de celle que Lee a décapitée. Elles ne nous prêtent pas plus attention que si nous n'existions pas. Elles ont raison : aucun de nous quatre ne songe plus à s'échapper. Le froid, la peur, la stupéfaction, l'incompréhension nous en empêchent.

C'est alors que la lueur de tout à l'heure se précise encore et semble se diriger vers nous. Gagné : cette lueur est bien un OVNI ! J'avais raison, mais quelque chose me dit qu'il n'y a pas de quoi se réjouir… En effet, j'aperçois les créatures adresser de grands gestes à l'engin qui arrive : ce seraient donc des extraterrestres ?

Alors, tout m'apparaît clairement : les monstres nous ont attirés à l'extérieur de la ville pour nous emporter sur leur planète. Mais pourquoi nous ont-ils laissé demander des bonbons ? Pour que nous ne nous doutions de rien ? Pour que nous ayons des vivres à consommer lors de notre voyage vers leur planète ? Pour que personne ne s'étonne de voir cinq hommes-citrouilles se promener avec quatre enfants déguisés ? Tant de questions sans réponse, et une seule certitude : bientôt, nous aussi ferons partie des disparus de Halloween…

# 23

Walker a dû arriver à la même conclusion que moi.

– Faut qu'on s'enfuie, Drew, me dit-il. Et vite…

D'accord, mais comment ? Walker ne me laisse pas le temps de la réflexion. Il laisse tomber son sac à bonbons et se précipite vers la forêt.

Il a raison ! Si nous voulons échapper aux hommes-citrouilles, nous enfoncer dans le dédale d'arbres est la seule solution.

J'inspire profondément et, abandonnant moi aussi mes friandises, je m'élance à sa suite ; mais, au bout de quelques pas, je bifurque : il vaut mieux que nous nous séparions. Ainsi, les monstres devront eux aussi se séparer, et nous aurons deux fois plus de chances de mener à bien notre fuite.

Je ne sais pas si vous avez déjà couru dans la forêt, la nuit, des hommes-citrouilles à vos trousses, un OVNI débarquant de je ne sais quelle planète pour vous enlever. Si c'est le cas, vous comprendrez pourquoi je fonce comme une dératée…

Mon cœur va probablement exploser, tellement il bat vite. J'essaie de me rappeler l'art de la course tel qu'on nous l'apprend au collège : bien balancer les bras, souffler et inspirer régulièrement, regarder devant soi, pas par terre. Bing ! Erreur fatale : à trop vouloir regarder devant moi, je n'ai pas aperçu une branche qui me barrait le chemin. Je vais tomber ! Non, heureusement, j'arrive à m'accrocher à un arbuste. Vivent les arbustes ! Il était moins une.

Bientôt, il est plus une : une souche que je n'avais pas vue me fait lourdement chuter. Pas le temps de pleurnicher. Je dois me relever, me remettre à courir et accélérer. Notre fuite n'a pas pu passer inaperçue. Les hommes-citrouilles ont dû se jeter à nos trousses. Et eux ont une lumière intégrée !

Moi, j'ai un autre avantage : un vague souvenir du terrain. Je sais à peu près où tournent les sentiers, et dans quelle direction. Mais ce ne sera sûrement pas suffisant pour tenir à distance mes poursuivants. Et, surtout, jusqu'où allons-nous courir comme ça ? Jusqu'à l'autre bout de la forêt ? Et après ? Je ne tiendrai pas à ce rythme jusqu'à demain matin !

Alors que je commence à désespérer, que mon souffle se fait plus court, qu'un point de côté m'oblige à ralentir, ce que je redoutais advient : derrière moi, la nuit se pare de couleurs orangées. Des flammes ! Un homme-citrouille arrive ! Moi aussi, je vais *disparaître* !

# 24

La panique m'envahit. Les flammes se rapprochent, et moi, je n'en peux plus. Impossible d'accélérer. L'air me manque. Mon costume de SuperDrew me serre trop. J'étouffe.

J'en ai marre ! Je n'étais pas partie pour faire la course avec des extraterrestres. Je veux rentrer à la maison ! Je ne suis pas un superhéros. Je suis une petite fille, et je ne veux pas disparaître.

La lueur n'est plus qu'à quelques mètres de moi. J'entends le souffle de la créature. Alors je me laisse tomber contre un arbre et je ferme les yeux pour ne pas voir ce qui doit arriver. La nuit est froide, le sol mouillé. Encore une soirée de Halloween gâchée. Et, en plus, c'était la dernière…

– Drew… Drew…

Je dois rêver. Pourtant, c'est bien mon prénom que murmure la forêt :

– Drew… Drew…

Je suis morte. Les extraterrestres m'ont rattrapée, ils m'ont tuée, et maintenant c'est la mort qui me parle. Je ne vois pas d'autre explication.

– Drew… Drew…

Ah si. Il y a une autre possibilité : j'ai fait un cauchemar, et ma mère me réveille doucement. J'essaie de rassembler mes esprits pour lui expliquer posément ce qui se passait dans mon rêve : Tabby et Lee… Todd et Joe, déguisés, qui nous flanquent la énième frousse de notre vie… les premières maisons où nous récoltons des bonbons… la rencontre avec des hommes-citrouilles qui nous obligent à traverser toute la ville… le parking de la forêt et l'OVNI qui approche… Shane et Shana qu'on ne revoit jamais…

Au fond, c'était un cauchemar très réussi : j'ai eu horriblement peur, et tout s'est mal terminé. J'adore ce genre de rêve. Il a un seul défaut : on ne sait pas ce que sont devenus Shane et Shana. Ont-ils été dévorés par les hommes-citrouilles ? Dans ce cas, pourquoi les monstres ne nous ont-ils pas dévorés, nous aussi ? Shane et Shana nous ont-ils cherchés dans la ville ? Dans ce cas, pourquoi n'ont-ils pas donné l'alerte ? C'est dommage qu'on n'en sache pas plus à leur sujet.

Souriante, à présent, j'ouvre les yeux pour rassurer ma mère.

Mais c'est un homme-citrouille qui me fait face ! Les flammes glissent hors de ses orbites et il répète dans un souffle rauque :

– Drew… Drew… C'est moi, Shana !

# 25

Vachement bien, ce cauchemar ! On dirait que mes désirs sont des ordres ! Mais maintenant que je sais que c'est un rêve, la peur m'a quittée.

J'essuie la sueur et les larmes qui ont coulé sur mon visage, et je ricane en toisant ce bonhomme grotesque :

– Ah ouais ? T'es Shana ? Et moi, je suis qui ? SuperDrew, peut-être ?

– Drew… écoute-moi… Nous n'avons pas beaucoup de temps… Je suis Shana… Shane est parti rattraper Walker… Les autres gardent Tabby et Lee… Nous leur dirons que nous ne vous avons pas retrouvés, que vous connaissiez sûrement des cachettes secrètes… Enfin, nous nous débrouillerons. Vous avez eu raison de vous enfuir, c'était votre seule chance… Tu as été courageuse, Drew, c'est ça qui t'a sauvée… Maintenant, reste où tu es et ne bouge pas avant demain matin…

J'ai beau rêver, le sol est mouillé, et je commence à avoir froid aux fesses. Je m'apprête donc à me relever, mais Shana me repousse :

– Drew… Je suis sérieuse… Nous repartons…

– Qui ça, « nous » ?

– Shane, nos amis et moi… Et nous emmenons Tabby et Lee… Nous sommes une espèce qui vit sur une autre planète, et nous cherchons à apprendre des choses sur les autres êtres vivants… Alors, chaque année, nous enlevons quelques enfants sur la Terre… Nous ne leur faisons aucun mal, mais nous les soumettons à des… comment dire ? à des expériences, voilà…

Un tel culot m'exaspère :

– Tu te rends compte de ce que tu essaies de me faire gober ? Tu voudrais que je croie que ma meilleure amie est une extraterrestre !

– Je sais, Drew, c'est difficile à admettre… Je ne te demande pas de me croire tout de suite… Mais, s'il te plaît, reste où tu es…

– Sinon, je disparaîtrai moi aussi ?

– Oui. Nous avons besoin de jeunes humains, et comme les gens ne se méfient pas, le soir de Halloween, nous prenons l'apparence d'hommes-citrouilles, comme nous pouvons prendre d'autres apparences… Shane et moi, on a atteint la limite d'âge : l'an prochain, personne n'irait chercher des bonbons avec nous, pas vrai ? C'est pour ça que nous repartons ce soir avec Tabby et Lee.

– Mais d'autres enfants… ailleurs… continueront à être enlevés ?

– Normalement, non. Nous espérons achever nos expériences… Si Tabby et Lee nous suffisent, il n'y aura plus jamais de disparus de Halloween…

Et la créature me tend un pan de robe noire, comme une main :

– Adieu, Drew. Tu n'es peut-être pas SuperDrew, mais une supercopine, ça, oui !

Je n'y crois pas. Je ne peux pas y croire. Cette créature est en train de se moquer de moi ! En la fixant sans aménité, je lui balance :

– Soit tu es un extraterrestre, et tu n'es pas Shana ; soit tu es Shana, et je t'assure que tes blagues sont aussi hilarantes que celles de Tabby et de Lee.

Le souffle de la créature devient plus saccadé, comme si elle était à bout de patience :

– Crois-moi ou non, Drew, comme tu veux, mais si tu tiens à la vie, reste là… Je ne peux pas t'en dire plus.

Soudain, à l'autre bout de l'allée, un autre homme-citrouille apparaît. Tout est perdu ! Shana s'est retournée brusquement, puis elle s'est approchée du nouveau venu.

– On peut y aller, Shane, dit-elle simplement.

Et les deux créatures s'éloignent dans la nuit…

# 26

– Drew, tu m'écoutes ? On va résumer ce qui s'est passé après que les « hommes-citrouilles », comme tu les appelles, t'ont laissée.

L'inspecteur me regarde sévèrement. Je me tourne vers son adjointe, espérant qu'elle m'évitera cette épreuve. Mais, avec un sourire rassurant, elle me fait signe d'écouter.

Je jette un œil de l'autre côté de la vitre. Mes parents protestent avec de grands gestes auprès du policier qui les empêche de me rejoindre.

– Tu es restée dans ta cachette jusqu'au petit matin, reprend l'inspecteur. À ce moment-là, tu as quitté la forêt, et tu es revenue en ville sans même te soucier de Walker ?

– Je vous l'ai dit : j'avais froid, j'avais sommeil, j'avais peur… Et puis je ne savais pas où était Walker exactement.

– Ensuite, une voiture t'a prise en stop et, trouvant l'histoire que tu lui racontais un peu bizarre, le conducteur t'a amenée directement au commissariat.

Je soupire :

– Ouais, et là, on a trouvé mon histoire encore plus bizarre.

– Et ça t'étonne ? demande l'homme.

Puis il fait claquer son dossier.

– Tu peux rentrer chez toi, ajoute-t-il. Mais je crois que nous aurons l'occasion de nous revoir. Dès que Tabby et Lee auront reparu, tes parents recevront une convocation à ton nom pour divulgation de fausses nouvelles, diffamation et déclarations mensongères à un agent des forces de l'ordre. Tu peux disposer.

Je sors en courant me jeter dans les bras de mes parents. Cette fois, le cauchemar est vraiment fini…

Évidemment, Tabby et Lee n'ont pas réapparu. Shane et Shana non plus. On a cherché leurs parents, mais on ne les a jamais trouvés.

– C'est vrai, on ne les connaissait pas…, remarque Walker en caressant son vélo à douze vitesses.

Lui aussi était rentré en stop, mais il avait eu la chance d'éviter le commissariat. Pour le moment : à coup sûr, on ne manquera pas de le convoquer avec ses parents…

Puis, reposant sa bicyclette, il vient s'asseoir à côté de moi sur le canapé troué, que mes parents ont remisé au garage :

– Et dire que, avant, Halloween était notre fête préférée ! soupire-t-il. C'est dingue, non ?

– Ouais, c'est dingue. Je n'arrive pas à croire à tout ce qui s'est passé…

Walker hoche la tête :

– Ils n'ont même pas osé en parler dans les journaux. Ils ont juste dit qu'il y avait eu de nouveaux disparus et que des enfants avaient été entendus par la police.

Je bondis :

– Mais s'ils croient que ça va se passer comme ça ! Je te promets qu'un jour des gens sauront ce qui nous est arrivé !

– Ah bon ? ironise Walker. Et comment tu vas t'y prendre ? Tu vas devenir journaliste ? Tu signeras « SuperDrew » ?

– Pas du tout ! J'écrirai un livre sur notre histoire. D'ailleurs, je vais commencer tout de suite !

Là, Walker éclate franchement de rire :

– Laisse tomber, Drew : si tu racontes ça, on te prendra pour une folle.

Je fixe longuement mon ami avant de lui lancer :

– Eh bien, détrompe-toi, Walker ! Je suis sûre que des millions de lecteurs me croiront… et ils auront raison !

FIN

# Chair de poule®

1. La malédiction de la momie
2. La nuit des pantins
3. Dangereuses photos
4. Prisonniers du miroir
5. Méfiez-vous des abeilles !
6. La maison des morts
7. Baignade interdite
8. Le fantôme de la plage
10. La colo de la peur
11. Le masque hanté
14. La pantin maléfique
15. L'attaque du mutant
16. Le fantôme d'à côté
17. Sous-sol interdit
18. La tour de la terreur
20. Souhaits dangereux
23. Le retour du masque hanté
27. Comment ma tête a rétréci
29. Le fantôme décapité
32. Les fantômes de la colo
34. Comment tuer un monstre ?
35. Le coup du lapin
37. Nuits de cauchemar
40. Les vers contre-attaquent
41. Le mangeur d'hommes
42. La colo de tous les dangers
43. Les vers contre-attaquent
45. Danger chat méchant !
47. L'école hantée
51. Le jumeau diabolique
52. Un film d'horreur
53. L'attaque des spectres
55. L'invasion des extraterrestres, I
57. Le manoir de la terreur
60. Un loup-garou dans la maison !
61. La bague maléfique
67. La voiture hantée
72. Les vacances de l'angoisse
73. La nuit des disparitions
74. Le fantôme du miroir

*Imprimé en Espagne par Novoprint*